U0007596

致青春 033

時光微微甜

〈下〉

酒小七 著

高寶書版集團

目錄

CONTENTS

第四十九章

吃飯的時候忘卻脫下外套，向暖看到他穿著一件藍色的毛衣，毛衣正面織著一條大魚，看起來好喜慶。

「這毛衣是自己織的吧？」她問道。

「嗯，我媽織的。」

向暖有點羡慕：「我媽從來不幫我織衣服，只幫小雪織。」

「小雪是？」

「我們家的貓。」

忘卻被她逗得笑了一下。向暖發現他還滿愛笑的，他笑起來靦腆而無聲，像角落裡寂靜生長的苔。向暖忍不住多看了他兩眼。她覺得忘卻其實長得挺帥的，尤其是鼻梁，很挺，撐起整個人的精氣神，眉峰有些高，本來是顯得冷峻，笑的時候整個和緩下來，看起來脾氣特別好。

唉，只是膚色不符合現在女孩子的審美。

林初宴有些不悅了：「吃飯，發什麼呆。」

「喔喔。」向暖覺得自己這樣盯著人家看有點不禮貌，她也很不好意思，埋下頭吃東西。這時她發覺自己的碗裡多了一些細嫩的魚肉，是林初宴幫她夾的。她用筷子扒了扒，魚刺都被挑乾淨了。

這是何等的心靈手巧啊。向暖有些震驚，又默默有點嫌棄。這是林初宴用他的筷子挑的，上面還沾著他的口水呢……

「可以不吃嗎？」

「不吃打妳。」

「嗚……」

向暖感覺有必要重新審視一下他們的戀情了。

忘卻起身去了洗手間。

林初宴往她身邊挪了挪，緊緊地挨著她，低頭湊到她耳邊說：「不要生氣，怎麼捨得打妳呢。」

他用這麼低沉而溫柔的語氣和她說話，不管是什麼內容，向暖就覺得輕飄飄的好幸福，這是很主觀的身體反應。

她推開他，小聲說道：「林初宴，你是不是在勾引我啊？」

林初宴低著頭，笑出了聲。她斜著眼睛，看到他微微牽起的唇角。他沒在看她，坐姿好正經，現在垂著眼簾，視線落在面前的空盤裡。

「妳還不算笨。」他說。

竟然就這樣承認了……一點慚愧的表示都沒有……他無恥得這麼理直氣壯，讓向暖都不知道怎麼接下去了。

她只好埋頭吃東西，把碗裡的那些魚肉都吃了。

她吃魚肉的時候，林初宴說了一句：「早晚要吃的。」

向暖一陣莫名其妙，等吃完了才反應過來他指的是什麼。

她發覺這個人根本就是個流氓。

忘卻回來了，看到向暖埋著頭連耳朵都紅了，而林初宴一直牽著嘴角笑咪咪的樣子，忘卻也不知道林初宴對向暖做了什麼，反正肯定沒好事。

於是忘卻也臉紅了。

這時候就體現出黑色皮膚的優越性了——沒人能發現他臉紅。同時他還慶幸自己剛才離開了，否則萬一撞見人家情侶接吻，豈不是更尷尬。

※　※　※

吃過午飯，忘卻就打算去極火俱樂部的基地報到。向暖有些嚮往，正好她下午第一節沒課，她問道：「我能去你們俱樂部參觀嗎？」

「不清楚，我打給經理問一下。」

林初宴見他拿起手機，便問：「你打算怎麼說？」

「就問能不能參觀。」

「如果經理拒絕參觀怎麼辦？你和經理又不熟。」林初宴提出一個比較大的可能性。

忘卻愣了一下，他不知道該怎麼辦。

林初宴覺得這個人也太實誠了。他用食指點了一下桌面，「你就說我們是你朋友，你家人不放心你獨自一人來南山試訓，託我們跟去看看，瞭解一下情況，希望戰隊那邊能理解。」

他這樣一提，忘卻有一種被提點到的感覺。

「你可真聰明。」忘卻不吝讚美。

「你可真狡猾。」向暖說。

林初宴摸了一把向暖的狗頭，心想，等著。

職業戰隊通常都很重視選手的家庭情況。倒不是說家境好壞，而是選手的家人對他們打職業的態度，是支持還是反對。有了家人的支持，可以減少很多紛爭，也能夠讓選手更加安心地專注於比賽。

所以忘卻這麼一提，俱樂部經理幾乎沒猶豫就點頭了：『來吧，都來看看。』

向暖這是第一次參觀職業戰隊，有點小激動。

極火電子競技俱樂部位在郊區的一片別墅區內，裝潢得挺豪華，大門口立著一個好大的牌子，LOGO是一團火。這個俱樂部按照遊戲類別區分了不同的分部，王者榮耀分部是去年設立的。向暖他們在前臺被攔下來，忘卻當著前臺小姊姊的面打通經理的電話，等了一會兒，才等到那個傳說中的張經理過來。

那個人一進大廳，看到向暖，眼睛像是度數暴漲的大燈泡，啪地一下就亮了。

「你們好，你們好。」張經理的態度好熱情，跑過來要和他們握手。

林初宴有點反感，將向暖往自己身後一撥，警惕地看著他。

張經理倒沒生氣，垂下手問林初宴：「你就是忘卻吧？小夥子可真帥。」

他說完這句話，見到旁邊一個小黑哥舉起手：「我是忘卻……」

「呃，你……」張經理有點尷尬，「嗯，也挺帥的。」就是有點黑。

向暖覺得這個經理的關注點有些不同尋常。打遊戲又不是用臉打，帥不帥不是重點吧？

自從看到他們的臉，張經理就變得好熱情，領著他們在基地內部轉了一圈。訓練區、住宿區、會議室、健身房、廚房……一邊走一邊講話，問他們在王者榮耀裡玩什麼？玩得怎麼樣？什麼段位？喜歡什麼英雄……話嘮一個。

向暖覺得這個人不太可靠，她滿為忘卻的前途擔憂。

參觀活動進行完畢，張經理要試一試他們的遊戲水準。

不是他，是他——們，連向暖和林初宴也包括在內。

向暖和林初宴對視一眼，都從對方眼裡看出莫名其妙。

張經理叫王者榮耀分部的教練過來，向暖他們三個被要求先和教練進行ＳＯＬＯ。

向暖挺害怕的，覺得他們可能遇上了神經病？

她惴惴不安地，用貂蟬和教練ＳＯＬＯ了一把。她貂蟬ＳＯＬＯ還是虎哥教的呢，隨著她後來對遊戲的理解加深，水準也有不小的精進。

ＳＯＬＯ完了還不行，張經理又要求他們和職業隊員切磋。

教練打電話溝通了兩分鐘，叫兩個隊員下來，和向暖他們組好一支隊伍，另外有五個隊員在訓練區沒過來，也組好隊伍，雙方在遊戲裡開了房間。

向暖選了她最近用得很順手的老夫子，心裡想著打死你們這群神經病，進遊戲後就挺威猛的，用老夫子追著對面的職業選手砍，簡直不要太可怕。

張經理和教練對視一眼，兩人目光都帶著一些驚訝和興奮。

一局打完，經理不滿足，說：「三局兩勝。」

於是只好又開一局，向暖用花木蘭追著對面的神經病砍。

經理問她：「妳還會什麼位置？」

「還會輔助。」

「第三局妳玩輔助。」

「已經輸兩局了！」

「再給你們一次機會。」

同隊職業選手之間的默契不是他們這些臨時組成的隊伍能比的，單兵實力再強也不行。連輸兩局，向暖現在也憋著一股火，第三局用了她最最擅長的張飛。林初宴用了孫尚香，忘卻用露娜。

孫尚香這個英雄只要發育起來，殺人有如切菜，難的就是怎麼挺過漫長的發育期。向暖的張飛一顆心都長在孫尚香身上，把林初宴呵護得很好。

這局他們打得也很艱難，但最後贏了。

經理悄悄地問教練：「那邊放水了嗎？」

教練搖頭：「我問了，沒有。」

向暖贏完遊戲，通體舒暢，手機一收，招呼林初宴：「我們走吧。」

林初宴像個小狗一樣，她一招手就跟到她身邊。

「等一下。」張經理說。他使了個眼色，讓教練先把其他人帶走，包括前來訓練的忘卻。

會議室裡只剩下三個人。

張經理重新為他們倒了杯茶，然後面對面坐著，笑容有些諂媚。

「你們有興趣打職業嗎？」

「啊？」向暖嚇得張大嘴巴，與此同時，又有些實力被肯定的興奮和喜悅，「我們可以嗎？」

「當然可以。」張經理笑著答。

林初宴冷靜地看著他，說道：「我們還在上學。」

「先別急著拒絕我，」張經理搖了一下手指，笑容有些自信，「我可以開這麼多的月薪給你們。」說著，張開胖乎乎的爪子，晃來晃去。

向暖估算了一下忘卻的月薪，心裡有了數：「五千？」

「五萬。」

「！」

要不然怎麼會說有對比就有傷害呢？向暖本來對職業選手的薪水沒有太具體的概念，但是忘卻一個月才八千，襯得這五萬就是土豪的待遇了。

她感覺有些不可思議。忘卻才拿八千，她和林初宴能拿五萬？憑什麼？

「你們，你們覺得……」向暖吞了一下口水，說出那個令她光是想一想都興奮的猜測：「我們打得比忘卻好？」

「你們比他長得好看。」

「……」

第五十章

向暖對這位張經理的價值觀實在不敢恭維。

她蹙了一下眉，反駁道：「經理，你這句話我不認同，打遊戲又不是用臉打，靠的是實力。」

張經理微微一笑道：「打遊戲靠實力，這點我不否認，所以我願意簽下你們，實力也是考量的因素之一。你們兩個的水準都不錯，只要好好培養，以後有機會做主力隊員。」

「那忘卻呢？忘卻的實力比我們好，值不值得好好培養？」

「妹子，我先跟妳說清楚吧。反正以後妳要是真的來我們隊上，我也還是要說清楚，不如現在就說。我們經營戰隊很不容易，也不可能虧本做慈善，對吧？總要考慮收益的，要是沒有錢維持戰隊，隊伍解散是早晚的事。每個選手的經濟價值不一樣，這是我們考量選手的重要指標。大部分選手的經濟價值與其實力掛鉤，但總有少數。你們是例外。」

「就因為我們長得好看？」

「對，就因為你們長得好看。」

向暖覺得很荒謬。

她一臉不以為然，讓張經理也有些不耐煩，但考慮到她潛在的價值，還是耐心解釋：「那個小黑臉想要打出名堂，需要自己一步步拚下去，成敗看他自己，這是很多職業選手走過的道路。他自己都沒反對，妳也不用替他委屈。但我要說的是，以你們的外表，只要你們踏進這個圈子，我就有辦法讓你們成為備受追捧的男神、女神，保守估計，你們兩個的年收入都可達到百萬以上，媲美或超過聯盟最頂尖的選手。」他可能是被自己勾勒的藍圖感動了，講著講著，表情帶了一些嚮往。

向暖知道他並無惡意，但還是聽得很不舒服。原來只靠刷臉，三流的實力就可以與一流的實力比肩？

「我覺得不公平。」她說。

「妳不該覺得不公，妳該慶幸父母給了妳上好的外表。」

向暖鬱悶之極，又不知道怎麼反駁他。她心裡憋著一口氣，板著臉起身，「我們走了，經理再見。」說著，一把牽住林初宴的手，「走。」

林初宴一手提包包一手握著她的手，安靜地跟在她身邊。

張經理有點不理解這女孩在矯情什麼，他跟在身後送他們出去，一邊走還一邊喋喋不休：「你們真的不考慮一下？你們現在去上學，等畢業起薪能有一萬嗎……要我說，我們這個圈子已經夠好了，不管你長得多好看，至少也要一點技術。你沒看到現在那些演電視的，根本不需要演技嘛……」

林初宴見到向暖的臉色越來越臭，他定住腳步，轉身朝張經理笑了笑，笑得那個如沐春風啊：「謝謝張經理提點，我們打算去演電視了。」

張經理被這一句話噎得沒話說了，愣在當場。

林初宴挽著向暖的手揚長而去。

※　※　※

向暖走得很急，直到走了很遠，臉色還是臭臭的。林初宴見她嘟著嘴巴，下嘴唇凸起，又變成了小金魚。

他有些好笑，想逗逗她，又怕把她惹火了。

他停下腳步，抬手揉了揉她的頭頂，溫聲道：「還在生氣？」

向暖仰頭看他，他發現她眼眶竟有點發紅。

「怎麼要哭了？」林初宴有些驚訝，小心翼翼地捧起她的臉，指尖輕輕摩挲著她的臉頰，力道很溫柔。他真覺得她這樣很好玩，又不敢笑。

向暖一臉生無可戀。

林初宴把她往懷裡攬，她也沒有抗拒。心情不好的她像一隻溫順的小鳥。他一手攬著她的後背，另一手抬起來扣著她的腦袋，像雞媽媽一樣將她整個人罩在懷裡。

「別哭，不需要。」他柔聲勸慰她。

「沒哭啊。」向暖將臉埋在他懷裡，彆彆扭扭地答了一句，聲音有些悶。過一會兒，她覺得呼吸不暢，側了側臉，臉蛋壓在他胸前。

她感覺到他的胸膛在起伏，一下一下，很有力，像大海捲起波浪。

有一個這樣的人供她依偎，向暖的心情好了一些。她嘆了口氣，小聲道：「我就是有點失望。」

林初宴突然明白了，她為什麼反應這麼大。

「打職業」這種事，在他眼裡就是一份職業，與其他職業沒什麼區別。但是在向暖眼裡不一樣。她對這個遊戲的熱情遠勝過他，職業圈在她心目中是大神聚集地，是自帶光環的。她來這裡參觀，心情類似於粉絲去見偶像。

沒有什麼比親眼看到偶像形象崩塌更殘忍了。

林初宴有點心疼，揉揉她的腦袋，安慰道：「那個張經理說的話，只能代表他自己，他代表不了整個行業。妳沒必要因為他而對職業圈失望。」

「對喔。」簡單一番話就讓向暖心情好多了，她感覺挺神奇的：「林初宴，你真會安慰人。」

林初宴笑：「那妳要怎麼獎勵我呢？」

「獎勵你個大西瓜，快放開我，有人來了。」
「過河拆橋，壞蛋。」
低沉而緩慢的聲音，略帶嬌嗔的語氣，把向暖嚇得起了雞皮疙瘩，她覺得自己彷彿在和一個小太監談戀愛。
林初宴終究還是放開了她。
不遠處有個穿運動服的少年騎著自行車，飛快路過他們，這時兩人已經分開，向暖看了一眼那個少年。
少年臉上一閃而過驚豔之色，自行車一個不小心撞到了路緣，車速太快，被甩了出去，整個人倒著跌進路邊的綠化帶。
向暖心想，騎自行車的危害就是這麼大。
林初宴心想，我女朋友的殺傷力就是這麼大。
他們合力把那名少年從綠化帶裡拔出來，少年的精神還很好，看起來沒受什麼傷。他問向暖：「小姊姊，妳住在這裡嗎？還是在附近上班？我不知道怎麼感謝妳，能不能請妳吃個飯？今天不方便也沒關係，先加個微信？」
林初宴說：「你的腿好像斷了。」
「沒斷沒斷，好的呢。」
「我幫你打斷吧。」

「……」少年一臉驚恐，推著自行車跑了。

向暖樂不可支。

林初宴突然接了一通電話，向暖聽到他對電話說：「你今天要過來？現在？馬上？那你隨便。」

他掛斷電話後，向暖問：「是誰要過來啊？」

「虎哥。他馬上登機。」

「他來幹什麼？」

「說是來散心。」

在那之後兩人各自回學校上課，林初宴有些鬱悶。他們雖然同校，卻根本是異地戀。

好在晚上又可以見面了。

他們和陳應虎一起吃晚餐，吃螃蟹香鍋。陳應虎坐在他們對面，看著林初宴把蟹腿裡的細白蟹肉剔出來給向暖吃。

向暖還拒絕：「我自己會，你把我當智障嗎？」

「妳是我養的小豬。」林初宴說。

向暖反駁：「你是我養的菜狗。」

「那妳怎麼不餵我？」

「你要臉嗎……」

陳應虎心好痛。他有點後悔，在家老老實實地待著不好嗎？跑到這裡來找虐。

向暖一邊吃飯，一邊偷偷看陳應虎。感覺虎哥沒她想像中的那麼憔悴，還好還好。她很識趣地沒有提可哥。

過了一會兒，陳應虎說：「對了，我差點忘了和你們說，豌豆TV的網站運營託我來問問你們，對直播有興趣嗎？」

「哦？」向暖覺得很新奇，「怎麼會找上我們啊？是不是因為在你的直播間發現我們這些人才？」

「不是，聽說是在校際聯賽發現的，他們跟我八卦了一下，發現我認識你們，就想和我要你們的聯繫方式。我回答說先問問你們的意向。」

向暖還真不知道該怎麼回答，她對直播的瞭解僅限於當一個觀眾。她側臉看了看林初宴，想聽聽他的意見。

林初宴問：「讓我們直播什麼，王者榮耀？」

陳應虎：「對啊。」

「我們不行。」

「為什麼？」

「話少。」

陳應虎翻了個白眼：「你大爺。」想了想，他又說，「其實你們不需要口才，網站找你們也不是衝著口才。」

向暖問：「是衝著技術嗎？」

「不是，是臉。」

這是向暖今天第二次聽到這樣的回答了。她感覺不開心，「不去！」

陳應虎有點委屈：「不去就不去，幹嘛那麼凶。」

「虎哥對不起，不是凶你，今天下午……」向暖把今天下午發生的事情吐槽了一下。

「我還以為是什麼事呢，這哪有什麼，哪個行業都喜歡好看的人。就比如直播，百萬觀眾的遊戲主播，收入不一定比得上觀眾只有幾萬的美女。」

「我知道，我是擔心忘卻難過，都不敢和他說這件事。」

「那應該沒事，他要是只有這點心理素質，就不要打遊戲了，回家搬磚去吧。」

「你怎麼知道他原本是搬磚的？」

「……」他真的不知道，就是隨便一說。

「我認為——」林初宴突然插嘴打斷他們的話，「我們，做我們力所能及的。」

「哦？」

林初宴當著他們的面摸出手機，在網路上下單，買了一批美白面膜。

這，就是力所能及的。

向暖揉了揉臉。她的男朋友，沒買過任何保養化妝品給自己的男朋友，送了別的男生美白面膜。不，這不是真的……

陳應虎舉著一隻遍布齒痕的大蟹腳，搖頭晃腦：「要我說啊，忘卻也不一定非要幫別人打工。你看，我們幾個實力都不錯，組成一個戰隊，腳踏榮耀掃蕩聯盟——」說到這裡突然頓住。

他發現向暖正在看他，目光瑩亮。

陳應虎頭皮一緊，「我我我、我隨便說說，妳別當真啊……」

第五十一章

向暖翹了翹嘴角，說：「你想到哪裡去啦，我怎麼可能當真呢。」

陳應虎鬆了口氣。

向暖於是默默地吃飯，動作文靜，像隻優雅的小貓，特別賞心悅目。吃了一會兒飯，她突然問陳應虎：「要是組隊的話就我們四個，你說，還有誰呢？沈學長行嗎？」

陳應虎：「……」明明就是當真了啊！

他悄悄看了一眼林初宴，發覺林初宴正在瞪他，目光很不友好。

嚇得他手一鬆，蟹腳掉進餐盤裡。

「我現在直播挺好的，」他小聲說，「還等著賺錢還債呢。」

「喔。」向暖的神情有一點失望。

林初宴提醒她：「打職業要休學。」

向暖一臉莫名其妙地看他：「我又沒說要去，你在想什麼呢。」

「想去的是豬。」

「你才是豬！林初宴，有你這樣對待女朋友的嗎？」

林初宴捏著額角，哭笑不得。

陳應虎把蟹腳咬得喀喀作響。

兩人有些意外，看向他，見他現在目光如電，面露猙獰。

「我警告你們，」陳應虎說，「單身狗可是會咬人的。」

※　※　※

晚上林初宴送向暖回宿舍。林初宴把她的包包遞給她，捨不得和她道別。

向暖仰臉望著他，看著他亮如星辰的眼睛，心跳突然有點快。

林初宴：「妳說過買了禮物給我。」

他一提醒，向暖突然想起買給他的那塊錶。她從包包裡翻了翻，找到包裝精美的小盒子，「喏。」之前確實想給他，一不小心忘了。

林初宴接過盒子打開看了一眼，貌似挺滿意。他突然扣著她的肩膀，把她往身前一帶，向暖眼前一花，撲面而來是他的氣息，清新乾淨，溫柔若水。未等反應，她只覺額上一片溫熱柔軟的觸感。

「謝謝。」他放開她，低聲說。

向暖心口一陣狂跳，緊張得不知道要說什麼才好，低著頭不敢看他，轉身噔噔噔……跑走了。

一溜煙鑽進宿舍，身影消失不見。

林初宴低頭，摸了摸自己的嘴唇，不自覺地笑了一下。

這晚林初宴回去，和向暖、虎哥一起上遊戲，向暖難得沒有連麥。

她遊戲也打得心不在焉，犯了不少低級錯誤。

林初宴傳訊息給她：在想什麼呢？

向暖：沒有啊。

林初宴：想我？

向暖：不是＝＝

向暖：我就是在想，其實虎哥說的那個主意也不是完全不可能。你覺得呢？

林初宴傳了心口被刀插的動圖給她，向暖表示看不懂。

※　※　※

次日，兩人都是滿堂。林初宴是願意蹺課去找向暖玩，可惜向暖不願意。林初宴有點無聊，單手拄著下巴，用手機騷擾向暖。

『在幹什麼呢？』
『上課。』
『上什麼課？』
『英語課。』
『別上了，過來，我教妳，包教包會。』
『別跟我說話了。』
『我想妳了。』
向暖一陣臉紅心跳，感動地將林初宴關靜音。
她覺得林初宴很有做紅顏禍水的潛質，但即使他是紅顏禍水，她也不願當昏庸的帝王。
嗯，就是這麼有理想。
但是第二天，向暖主動打了電話給這個紅顏禍水。
「林初宴，你今天有空嗎？」
林初宴敏銳地察覺到她的語氣不太對勁，他是滿堂課，不過那不重要。林初宴：『有空，怎麼了？我今天沒課。』
「我媽媽要過來。」向暖講這句話時竟帶著一點哭腔。
『阿姨來做什麼？』
「她要來打我了……」

林初宴一皺眉，溫聲勸她：『妳先別著急，慢慢說，她為什麼要打妳？』

向暖猶豫地跟林初宴解釋了一下，林初宴一開始還很著急，結果聽完來龍去脈，他滿腦子只有兩個字了：活該。

向暖竟然打電話給輔導員諮詢休學的事，問輔導員能不能因為打職業比賽休學。她們輔導員的警惕性很高，接完這通電話，立刻打了通電話給向暖的家長，希望具體瞭解一下家長的想法，向暖是不是真的要為了打遊戲休學。

任丹妍一聽氣炸了，平常在家玩遊戲就不管了，小孩子都貪玩，能忍就忍。結果倒好，把她寵成這樣，不上學？打遊戲？

「都是被你寵的！」任丹妍先把怒火撒在老公身上。

向大英好委屈地看著她：「關我什麼事，遊戲又不是我教她的……妳去幹嘛？」

「我去找她！」

「別著急，她就是說好玩的吧，妳怎麼像個炮竹一樣，一點就著？」

「我得教訓她，我得讓她知道該做什麼！」

「我跟妳一起去吧。」

「你別跟著我，你只知道平息戰火。你在家待著，我今天、我今天要打她！」

向大英覺得任丹妍是真的動怒了。他等老婆走了，連忙打電話給向暖：「暖暖，妳媽生氣了，要去打妳呢！妳自己想辦法，爸爸只能做到這裡了。」

向暖一臉懵：『媽媽為什麼要打我啊？』

「你們輔導員打電話給她，說妳要休學去打遊戲。暖暖，妳怎麼這麼想不開？」

『我沒有！我只是隨便問問啊……』

「那妳自己和她解釋。她現在出門去找妳了。妳媽這脾氣，會不會相信妳，我可說不準。妳自求多福吧，爸爸已經盡力了。」

『爸爸，你也來嘛，我怕……』

「妳怕她，我就不怕嗎？」

『……』QAQ

向暖捧著手機惴惴不安，彷彿大難臨頭。她自己也確實心虛，否則不至於這麼害怕。媽媽要來找她算帳了，爸爸不肯來救她，能救她的人還有誰？外婆年紀大了也來不了，小雪……小雪只會賣萌不會說話，嗚嗚……

等等，還有一個人！一個特別會在家長面前裝乖的人！

重點是，那個人很討她媽媽喜歡！

林初宴趕到鳶池校區時，向暖看他的眼神彷彿在看救世主。

他在她面前站定，似笑非笑地看著她。

向暖有些心虛，視線飄開。

「想休學？打職業？」他問道，語氣不善。

「我只是問問。」

「問就是想。」

向暖埋頭看著地面，小聲說道：「打職業也沒什麼不好的啊，那樣我們就每天都能在一起了。」

林初宴本來胸口悶著一股氣，弄得他看什麼都不順眼，講話都陰陽怪氣的。可是聽到向暖這麼說，他突然覺得心裡有絲絲甘甜，連心跳都快了幾分。

「妳真的這麼想？」他站在她身邊，輕聲問她。

向暖足尖輕輕磕著地面方磚的棱角，「反正就想想，又不花錢。」

「就那麼喜歡打遊戲嗎？」

「也不是，」向暖抬起頭，目視前方，表情像是在回味什麼，「我喜歡贏的感覺，超級喜歡。贏比賽讓我特別開心，特別興奮，覺得自己彷彿在發光……那種感覺，」她說著，側過臉看他，「我想去更大的舞臺，贏更多人，把最厲害的人都打敗。當然，我還想和你一起，我們一起贏。」

他看著她漂亮的桃花眼，眼底是前所未有的認真。他只覺得心口微微發燙，心房像是被一隻柔軟而火熱的手掌輕輕撫著。

微微地震顫，既舒服又滿足，又戰戰兢兢地害怕失去……那就是幸福啊。

良久，他視線移動，也低頭望向地面，輕聲說了一句：「油嘴滑舌。」

「過獎過獎，論油嘴滑舌哪比得上你。」

林初宴剛要說話，一抬頭，見到任丹妍拎著包包，怒氣沖沖地走過來。他連忙喊道：「阿姨。」

任丹妍只和林初宴點了一下頭，視線一轉，看著她家倒楣孩子。

向暖弱弱地喚了她一聲：「媽……」

「不敢不敢，以後我叫妳媽行嗎？只求妳別給我添亂。」

向暖脖子一縮，「媽媽，妳誤會了，我真的沒有。我只是隨便問問，好奇嘛……」

「那妳怎麼不好奇別的呢？怎麼不好奇一下功課呢？妳要不是動了這念頭，妳會好奇？妳是我生的，別以為我不知道妳怎麼想。」

「阿姨您別生氣，」林初宴接話，「是我跟她說的，怪我多嘴。」

任丹妍看一眼林初宴，也不好對他疾言厲色，問他：「初宴，你怎麼沒上課？」

「我今天下午沒課，過來送點吃的給她。」

「初宴，你別護著她。我跟你說，這個人不能寵。」

「阿姨，您開車過來很累吧？我們找個地方坐一下吧，很久沒見到您了。」

幾人去了附近的一間茶樓，開了個包廂。包廂裡裝潢得素雅乾淨，窗邊放著一盆淡紫色蘭花，室內飄著若有若無的香氣。

任丹妍畢竟是個文明人，待在這樣的環境裡，也不好像個母老虎一樣發作。再者說，「一鼓作氣再而衰三而竭」，她剛才一見面就朝向暖發了一頓火，現在情緒也好了一些，神色緩和。

三人點了壺花茶，以及一些特別的精緻點心。

向暖看到茶水單下面還有一張單子，好奇地抽出來看，見到可以點人來彈曲子，她「咦」了一聲。任丹妍一看到她這沒心沒肺的樣子，一點低頭認錯的意思都沒有，又生氣了：「妳要氣死我。」

「媽媽，我真的沒有，妳都不相信我，相信別人。」

「我知道妳沒有，妳要真的是幹出這種事，我早不要妳了。」

「媽……」

林初宴一臉歉意：「阿姨，真的得怪我，我……」

「初宴，你得幫我看好她，她有這個想法就很危險。休學打遊戲，在想什麼呢。」

向暖辯解道：「休學又不是退學，還能回來繼續上學呢。」

「還在想？真想挨打了？」任丹妍說著，抬手作勢要打她。

林初宴連忙攔住：「阿姨息怒，您聽我說……」

「說什麼？」

「您可能不知道，」林初宴解釋道，「玩這個遊戲的人，有兩億，真正能打進職業圈的，大概是兩百個。您算一算這個概率。」

任丹妍還真的算了一下，算完一挑眉：「百萬分之一？」

「阿姨，您怎麼算這麼快？」

「那當然，阿姨我年輕時也是學霸。」

「您現在還是學霸，向暖就算不出來，必須用計算機。」

「她是傻子。」

向暖：＝＝

第五十二章

任丹妍對自己親生的女兒非常有信心，一聽初宴說到那百萬分之一，她就覺得這倒楣孩子不可能有這個能耐，於是一顆心也放了一大半。

任丹妍晚上約了朋友，沒在南山吃晚飯。她走的時候心情好了很多，只因來時氣勢洶洶，現在拉不下臉和顏悅色。林初宴和向暖一起送她去停車場，任丹妍看到那兩人牽著手，隨便一站，男的俊女的美，比畫還好看。

她深吸一口氣，緩了緩語氣，說道：「春天不要隨便脫衣服，容易感冒；沒事少在外面晃，空氣不好……聽到沒？」

向暖的心情還有點低落，現在訥訥應道：「知道了。」

「初宴，我把她交給你了，你幫我看好她。」

「嗯，阿姨您放心。」

「你可別被她帶壞了。」

林初宴被逗得微微笑了笑，笑容淡淡的，又溫柔又和煦：「她滿好的。」

任丹妍開車離開後，向暖望著那漸漸遠去的車尾不說話。

林初宴見她臉色不好，逗她道：「聽到了嗎？妳都快把我帶壞了。」

向暖陡然甩開他的手，林初宴一怔：「怎麼了？」

「我又沒做什麼，我也沒傷害誰，幹嘛都來罵我啊？」

林初宴知道她生氣了，心裡一慌，連忙把她摟進懷裡，「好了我錯了，不該罵妳。」他說著，手掌壓在她的後腦，輕輕地順她的頭髮，一下一下，一邊順一邊柔聲說，「別生氣啊。」

向暖起伏的身體漸漸放鬆下來，她乖乖靠在他懷裡，「你才是傻子。」

「我是傻子，我是大傻子。」

她沉默了一會兒，又說：「我就是打電話給輔導員問註冊的事，順口問了一句。」

「妳沒錯，是輔導員誤會了，別生氣。」

向暖動了動，換了個舒服的姿勢，依舊靠在他懷裡。現在脾氣漸漸消下去了，她姿態有些溫順，小聲對他說：「再說，休學打職業有那麼十惡不赦嗎？問一下就要砍頭喔？」

「休學打職業只是一個選擇，它本身是中性的，沒有很好也沒有很壞，」林初宴耐心地解釋著，一邊說一邊繼續撫她的頭髮，「理論上說，每個人都有做自己喜歡的事的自由，但是，自由本身是有邊界的。」

自由是有邊界的。

向暖只是天真，腦子並不笨，她略微沉思了一下，答道：「我知道。」

林初宴總算把她哄好了，心底悄悄鬆了口氣。

「林初宴。」她突然從他懷裡抬頭，仰著臉看他。

「嗯？」

「對不起。」

「為什麼道歉？」

「我剛才不該對你發火。」

林初宴笑了笑，「我是妳男朋友，妳不對我發火對誰發？對大樹發嗎？」

她忽地踮起腳，在他臉上親了一下。

柔軟的唇瓣印在肌膚上，少女的氣息若有若無地縈繞在鼻端。林初宴被她親得心口重重一蕩。

「我是你女朋友，以後你心裡有火了，也可以對我發，不要客氣。」向暖說。

林初宴心想，我心裡沒火，身上有啊。

※　※　※

任丹妍晚上和朋友吃了一頓飯，九點多才回家，回家看到老公正在翻相簿。

「在看什麼？」任丹妍放下東西走過來。雖然這樣問，心裡卻已經有了答案——多半是在看暖暖小時候的照片。

她走近一看，發現並不是，相簿裡都是她上學時在照相館拍的寫真。

看到花枝招展的自己，任丹妍老臉一紅，「你看這些幹什麼？別看了。」

「喔。」向大英乖乖地換了一本相簿來翻。

這本相簿裡面都是任丹妍的大頭貼，年幼的女兒和帥氣的老公偶爾入鏡。

大、頭、貼。

彷彿看到了自己的黑歷史，她連忙搶過來說：「別看了。」

向大英笑呵呵地指了指身邊：「妳坐，站著幹什麼？」

等任丹妍坐下後，他嘆息一聲，說：「唉，我就是突然想起我們二十幾歲的時候。那時候啊，妳喜歡買衣服、燙頭髮、拍照；我喜歡看外國電影、逛景點。有一次我們出去露營，在山上遇到猴子和小鹿，妳記得嗎？」

「怎麼會不記得。猴子把我們的相機搶走了，小鹿大概是哪家人家養的，也不怕人，我餵了牠，牠晚上就睡在我帳篷裡。」

「還有，妳記不記得？妳有段時間特別喜歡跳舞，去舞廳跳，岳父他老人家不理解，去舞廳抓妳，要打妳。」

「你提這種事做什麼？」

向大英搖頭笑了笑，「我是突然發覺啊，我二十歲左右做過不少事，有用的、沒用的，但現在讓我回想，我印象深刻的都是那些沒用的。」頓了頓，又說，「十八九歲的小孩，哪有不貪玩的，這就是青春嘛。」

任丹妍知道他說的是向暖，她說：「暖暖就是沒受過挫折，長不大。」

「我倒希望她永遠不要長大，永遠做我們的暖暖。」

「別想了，她現在已經是初宴的暖暖了。」

向大英聞言臉一垮。

任丹妍覺得他那樣子滿有趣的，又加了一點料：「我已經把她託付給初宴了，你放心。」

「我、不、放、心！」

※　※　※

忘卻打了通電話給林初宴。

「初宴，我收到一箱面膜。」

『我知道，是我送你的試訓賀禮。』

忘卻的眉角跳了跳，用面膜當試訓賀禮，聞所未聞。但是，還有他更不能忍的——

「面膜就不提了，口紅是什麼意思？現在隊友看我的眼神都不對勁。」

『口紅是商家贈送的。』

「那我也不能收，給你吧？」

『給我也沒用，我不會把贈品送給女朋友。你看哪個隊友順眼就給他吧。』

忘卻沒有送隊友，男生和男生之間送唇膏感覺怪怪的。扔掉又覺得浪費，於是他把唇膏藏起來了。美白面膜可以偶爾用一下，畢竟是初宴的一片好意，人變白一點走夜路也方便，不容易被車撞。

過了幾天，忘卻跟向暖他們公布一個好消息——他在戰隊試訓得不錯，戰隊決定提前錄取他。

向暖很為他高興。

忘卻想請幾個幫過他的朋友吃頓飯，向暖欣然前往。她和林初宴從各自的校區攔車過去，郊區的仙女不容易塞車，先到了。

幾人約的地方是一個烤肉店，忘卻見向暖到了，幫她倒了杯茶水。

向暖總覺得忘卻有了一點變化，是更愛笑了？還是臉白了一點？

她坐下後，忘卻的神色鄭重了一些，對她說：「我很想當面跟妳說聲謝謝。」

向暖心裡一暖。她做了很多與這個遊戲有關的事，這是唯一被肯定的時刻，高興得想哭。

向暖喝了一口茶，笑道：「是你自己厲害啊。」

「是我運氣好。」

向暖想到他們戰隊的那個經理，她總擔心以後忘卻會經歷一些不好的事情，於是問他一個問題：「如果有人實力不如你，但長得比你好看，因此得到戰隊的重用，你卻沒得到……你會覺得不公平嗎？」

「不會。」

「哦？這麼淡定？」

「這世上哪有那麼多公平。如果處處不淡定，早得抑鬱症了。」

向暖怔了怔，為這個回答。

她眼裡嚴重的不公正，就被他這麼輕描淡寫地帶過去了，好像那些事情還不如桌上的菜單吸引他的目光。他到底經歷了多少世態炎涼，才能鍛煉出現在的波瀾不驚？他明明只比她大半歲啊。

向暖怔忪的功夫，林初宴和陳應虎也到了。

陳應虎一到南山就不想走了，住在林初宴校區附近，因為變窮了住不起高級飯店，只好住那種小招待所，晚上能聽到隔壁咿咿啊啊的那種。

有時候聲音太大，他又要直播，直播間的粉絲就滿黑皮，覺得虎哥一邊看小黃片一邊打遊戲，真是有格調。

這天晚飯，向暖滿安靜的，喝了不少酒。林初宴覺得不太對勁，忘卻轉正，她不應該高興嗎？

結果她就這樣一邊喝酒一邊聽他們講話，時不時地笑一笑，有點心不在焉。

林初宴很擔心，不知道她有什麼心事。
異地戀就是有這個壞處，不能天天見面，不能時時刻刻掌握到對方的資訊。
這晚，向暖其實沒喝醉。他送她回去時，她走路很穩，與他牽著手，腳步邁得很方正。
天氣越來越暖了，連夜風都變得很輕柔，吹過春日初發的樹枝，沙沙作響。
兩人並肩走在路燈下，影子縮短又拉長。
「妳今天怎麼了？」林初宴問道。
「嗯……就有時候覺得自己挺幼稚的，長不大。」
「妳這樣想的時候，就表示自己開始長大了。」
「我就是有點難過。」
「沒關係，我陪著妳。」
「永遠陪著我嗎？」
「永遠陪著妳。」
「林初宴。」
「嗯？」
「我也喜歡你。」

第五十三章

向暖說出這番話時，低著頭，也不敢看他。畢竟是表白，她還滿不好意思的。

林初宴的腳步一停，她埋著頭，有些緊張。他沒說話，她只感到身體突然騰空。

「啊！」嚇了一跳。

林初宴竟然將她打橫抱起來。他力氣挺大的，抱著她，臉不紅氣不喘，好像也沒使多大的勁。

「你你你幹什麼？放我下來……有人在看呢……」

林初宴置若罔聞，抱著她走到路邊。

向暖的身體隨著他走路的動作有規律地輕微晃動，感覺像躺在搖籃裡。她有些著急，又哭笑不得：「你怎麼像個土匪一樣啊……」

土匪抱著他的壓寨小媳婦，走到梧桐樹後面。

梧桐樹種在路燈的後一排，粗大的樹幹完全遮住那一頭的燈光，向暖被他放下時，眼睛還沒適應，她背靠著樹幹，只覺得眼前一片黑暗。

黑暗使人心慌意亂。她想跑，肩膀卻被他扣著，緊接著，她感覺到嘴唇上有什麼貼過來，柔軟的，有力的，帶著溫度和乾淨的氣息。

林初宴吻了她。

嘴對著嘴，四片嘴唇相接，他用力了一些，柔軟的唇瓣互相擠壓著。

眼睛看不到時，觸覺會更加敏感清晰。向暖的腦子裡彷彿炸開了一片煙火，她閉上眼睛，緊張得肢體僵硬，一動也不敢動，整個人像是釘在那裡。

呼吸漸漸凌亂起來。

雜亂的呼吸交纏在一起，周遭的氣流彷彿都染上了勃勃的熱度，烘得臉上一片燥熱。

林初宴扣在她肩頭的手慢慢地向上移，捧在她的臉上。他用手掌輕輕托著她的臉側，掌心裡的觸感細膩、光滑、柔軟、脆弱……他小心翼翼地捧著她，指腹不自覺地摩挲她的肌膚，呼吸漸漸更加凌亂。

向暖心跳快得不像話，緊張得要命，呼吸漸漸有些困難。她歪了一下頭，躲開他。

這一吻就這樣突然結束。林初宴戀戀不捨地捧著她的臉，指尖在她肌膚上輕輕地劃動，一下一下，溫柔又緩慢，像安撫，也像引誘。

黑暗中，向暖背靠著樹幹平復呼吸，過了一會兒，小聲說：「該、該回去了。」

兩人從樹後走出來，向暖才發覺自己連腿都軟了，原來接吻這麼耗費體力。

重新走到路燈下的向暖有點心虛，不敢看路人的目光。

林初宴低頭看她，「臉這麼紅？」一開口，才發現聲音有些低啞。
向暖沒注意到他的異常，她揉了揉臉，強行解釋：「是因為剛才酒喝太多了。」
他牽著唇角，長長地「喔」了一聲。
向暖被這意味深長的一聲「喔」弄得羞赧，快走了兩步。
他緊跟上來，要牽她的手。
她躲開他，「走開，禽獸。」
林初宴笑出聲。笑聲低低的，分外悅耳。「這樣就是禽獸了？」他說，「還有更——」
向暖連忙打斷他：「你不許說啊！」
林初宴老實閉嘴，心裡想，我不說，我只做。

※　※　※

向暖第二天下午有堂體育課。她上學期選課選晚了，喜歡的項目都已經額滿，剩下的只有足球和籃球，她在這兩者中選了看起來沒那麼累的。
嗯，就是籃球了。
沒想到會在上課時遇到沈則木。
沈則木正在和一群人打球，他們穿著同樣款式的隊服，黑色的無袖上衣加黑色的短褲，上衣背面印著名字的拼音。隊服的款式風格簡約深沉，倒是和沈則木這個人很搭調。

一群人裡，沈則木是最顯眼的。無袖的上衣露出他結實流暢的手臂肌肉，英俊的面孔被汗水打濕，在太陽下反射著細碎的光輝。他動作矯健，目光銳利，像一頭獵食中的豹，敏捷優雅。專注迷人。

籃球班的女生在排隊等老師點名，現在女孩們一個個都側著臉朝沈則木那片球場看，彷彿一排向日葵。向暖聽到她們在小聲討論。

「那就是沈學長？好帥喔。」

「這身材，嘖嘖，穿衣顯瘦，脫衣有肉。」

「穿衣顯瘦我懂，脫衣有肉？妳見過他脫衣啊？」

「我沒見過，林初宴見過。」

向暖：「……」

她目光幽幽地盯著她們，語氣堅定得不容質疑：「林初宴沒見過。」

女生一看說話的是向暖，正是三角戀中的主角之一，於是有點小尷尬，停止討論了。

老師說學習要循序漸進，零基礎學籃球，不可能一上場就能三步上籃。

於是向暖拍了一節課的球。乒乒乓乓，拍得可響了。

沈則木休息時站在籃球架後面，一手握著礦泉水瓶遠遠地望她。她運球的動作一看就是新手，籃球在她手裡不受控制地亂跑，她手忙腳亂地追著……像遛狗。

後來沈則木打得有點分心，看到向暖上完課離開球場時，他突然說：「我有事，一會兒回來。」說完也不管隊友答不答應，抓下掛在籃球架上的外套，轉身走了。

※　※　※

向暖有點後悔選籃球，一點都不輕鬆，她拍球拍得手疼又控制不好，籃球像長了腿，弄得她很疲憊。一起上課的女生沒有她認識的，連說話的人都沒有。她獨自一人離開球場，思索著等等要做什麼。

身後突然有人叫她：「向暖。」

向暖轉身，見到是沈則木，他穿著外套，臉上還有汗，看起來還滿有男人味的。

「學長好。」向暖說。面對沈則木，她多少有點彆扭，畢竟他也算是跟她表白過。

沈則木只「嗯」了一聲，腳步一邁，走到她身邊。

向暖沒話找話說：「學長你不練球了？」

「休息一下。」

「喔喔，學長，比賽加油喔。」

下個月有籃球賽，沈則木他們系的實力不錯，對冠軍有一爭之力。

向暖與他客套了幾句，本以為會就此分道揚鑣，結果兩人一起進了超市。剛剛運動完，口乾舌燥，都想買點喝的。

向暖拿了一瓶雪碧，從走出超市就開始擰。她平常擰瓶蓋不在話下，偏偏今天遇到一瓶倔強的飲料，加上剛才拍球拍得手疼……擰半天，瓶蓋紋絲不動。

一隻手掌突然伸過來，接手了她手裡的飲料瓶。

向暖抬頭，見到沈則木一下就擰掉了那瓶飲料的倔強。

「謝謝學長。」她接過飲料喝了一口，仰頭時，看到沈則木垂眼看她的目光。不加掩飾的溫柔。

「咳咳咳……」向暖嚇得嗆到了，彎著腰一直咳嗽。

沈則木拍了拍她的後背。寬厚的手掌，掌心的熱度幾乎要通過衣料，抵達她背上的肌膚。

向暖感覺一陣頭皮發麻，不能再這麼下去了，她心想。她拍拍胸口，順過氣之後說：「學長，我已經——」

突然，不遠處一道聲音打斷了他們。

清澈的嗓音、硬邦邦的語氣、肉麻的內容：「寶貝。」

向暖循聲望去，看到林初宴站在那裡。

他背手而立，嘴角彎起來，皮笑肉不笑。

「林、林初宴……」向暖回憶了一下她剛才和沈則木的相處，應該沒什麼曖昧之處吧？但林初宴那個眼神是什麼意思？搞得好像抓姦一樣……

林初宴走過來，走到身前時，直接握住向暖的手。

向暖說：「學長，我剛才想跟你說的就是，我已經和林初宴在一起了。」雖然主動跟人透露自己的戀情有點自戀，不過這個情況還是早點說開比較好。

沈則木看著他們握在一起的手，他突然有些話想問向暖。但他又不能問出口，靜靜地看了一會兒，他斂起目光，淡淡地「嗯」了一聲，接著轉身離去。

林初宴看著他的背影，說：「學長，不打算祝福我們嗎？」

「不打算。」

※　※　※

沈則木離開後，向暖偷偷觀察林初宴的表情，發現他臉色還是不太好看。

「喂，」她有點委屈了，「你什麼意思，難道不相信我？」

「不是，我只是有點後悔。」林初宴一臉鬱悶。

「後悔什麼啊？」

「我當初不該報物理系。」

物理系四年都在主校區，他現在才大二，還要和她談兩年半的異地戀。女朋友太漂亮，周圍虎視眈眈的目光太多了，到處都是危險，到處都是想把他女人的野男人。

向暖不是很懂他的少男情懷，雖然不同校區但他也沒少蹺課啊，不是照樣經常見面嗎？

說到蹺課，向暖有一點不安：「林初宴，你又蹺課了？」

「今天下午只有一節。」

意思是他只逃了一節。

他說這句話時一臉求表揚的樣子，好欠打。

「以後不要蹺課了。」她有點為他著急。

「放心，我可以自學。」

向暖看到他另一手始終揹在身後，於是好奇問道：「你藏著什麼啊？」

林初宴回過神，手臂一轉，伸到她面前。

向暖看到他手裡的是一把小花。

是雛菊花，有三種顏色，用泛黃的紙裹著，沒有別的裝飾。小小一把，簡單素雅，清新別致。

她看一眼就很喜歡，接過來，放在鼻端聞了聞後笑，「嘿嘿嘿。」

林初宴輕輕推了一下她的腦袋，「傻。」

過一會兒，他又說：「我們公開吧。」

「怎麼公開啊？」

林初宴讓她握著花束，他握住她握著花的手，拍了張照片。照片裡兩隻手裹在一起，掩藏在盛開的雛菊下，浪漫又唯美。

他用這張圖片發了條朋友圈，配文兩個字：脫單。

向暖看得心裡直冒粉紅泡泡，有些不好意思，「剛才出了一身汗，我先回宿舍洗個澡，你等我一下。」說完就跑了。

洗個澡……

林初宴不小心腦補了她洗澡的畫面，快流鼻血了。

向暖洗完澡換了一身約會裝，下樓再見到林初宴時，林初宴的表情有點不正常。

「怎麼了？」

「那條朋友圈。」他說完，點開自己收到的留言給她看。

他被一條留言洗版了：『為什麼是菊花？』

這關注點好奇怪，向暖看得一陣黑線，把手機還給他，「你朋友都是一群什麼人啊……」

林初宴刪掉了朋友圈，「再拍張別的吧。」

「拍什麼樣的啊？」

「拍一張，」他頓了頓，「稍微親密一點的。」

因為需要「稍微親密一點」，兩人找了個僻靜的地方，在家屬院的牆後有一條窄窄的走道，走道旁種著雜樹，另一邊的牆上爬著爬山虎。

林初宴舉著手機，讓向暖親他。

向暖紅著臉，踮起腳，閉起眼睛在他唇上親了一下。

親完之後沒能分開，因為他突然扔掉手機，把她往懷裡緊緊一摟，扣著她的後腦加深了這個吻。

吻了一會兒，她掙扎，他便放開她。

向暖喘著粗氣，「你、你故意的。」

他低下頭依依不捨地輕啄她的唇瓣，氣息火熱而淩亂，「想妳了。」

第五十四章

兩人從那僻靜的走道裡走出來時，扣著手，十指交握。

林初宴領著向暖在陽光下站定，舉起手機，將地面上兩人牽手的影子拍下來。

他拍完，給向暖看了一眼，向暖指著他的手機螢幕：「摔壞了。」

「嗯，反正要換了。」

他用這張圖片重新發了條朋友圈，接著似乎感覺到哪裡不對，他拉起向暖的手，低頭看了看。

果然不對。

她手心發紅，皮膚蹭破了一些，食指還有點腫。

「怎麼回事？」林初宴擰起眉。

「拍了半天球就這樣了。」

「疼嗎？」

「不疼。」

她不疼，他疼——心疼。

林初宴把向暖拉到路邊長椅上坐下，然後幫她拉了拉食指。

向暖的食指會發腫是因為運球時施力方向不對，被球的反作用力傷到，不是什麼大問題，幾天就能恢復。

她的手太軟了，林初宴摸著摸著就捨不得放下。他將她的手包裹在自己的掌中，說：「以後我教妳吧。」

「你會打球啊？」

「會一點。」

「那你報名籃球賽了嗎？」

「沒。」

「為什麼？」

「不想訓練。」

向暖懂了。說來說去一個字——懶。

他那麼懶，肯定不喜歡鍛煉身體。向暖有點為他的身材擔憂了。今天下午她在球場看到那些打球的男生身材都不錯，人嘛，多少有點虛榮心，她也希望自己的男朋友身材好。

向暖把林初宴的袖子拉上去，看他下手臂的肌肉，還好奇地上手捏了捏。

林初宴不明所以，但向暖用指尖捏他時，他覺得挺癢的——不是身上癢，是心癢。

「做什麼？」他被她捏得有點心猿意馬。

「我看看你的肌肉。」她坦白道。

林初宴躲了一下，將袖子拉下去，「妳閉上眼睛。」

「幹什麼？」

「閉上眼睛，我保證不親妳。」

向暖很好奇他要做什麼，於是閉上眼睛。「你是不是想變魔術給我看？」她閉著眼睛問。變出一朵花或一隻小兔子什麼的，電視劇裡都這樣演。

林初宴並沒有回答她。他抓著她的手，伸到自己的T恤裡面，按在小腹上。

明明有心理準備，但她柔軟的指尖觸碰到小腹上的肌膚時，異樣的觸感使他不受控制地吸了口氣，身體繃緊，心跳變快了。他本來只是想開個玩笑，自己都沒料到自己的反應會這麼大。

向暖動了動手指，才反應過來自己在摸什麼，嚇了一跳，立刻抽回手，睜開眼睛瞪他。

林初宴垂著視線看她，目光幽亮。他下意識地舔了一下嘴唇，喉嚨動了動。

然後問她：「摸到了嗎？」

「流氓。」

軟綿綿的控訴，把他逗笑了。「是妳自己要看肌肉的。」他低聲說。

「我也沒說要看肚子啊。」

「那叫腹肌……」林初宴見她往旁邊挪了挪，他厚著臉皮湊過去，緊緊挨著她，低聲又問一遍，「摸到了嗎？」

「沒有！」

「再給妳一次機會。」

「走開……」

林初宴怕把她惹惱，不敢笑，極力忍著：「等等我們要做什麼？」見她要開口，他補了一句，「不要打遊戲，妳的手都這樣了。」

「那去圖書館吧，好久沒有好好念書了。」

「約會去圖書館？」林初宴並不覺得這是個好主意。

「林初宴，難道你不想和我一起奮鬥嗎？」

林初宴心想，我比較想和妳一起為計畫生育而奮鬥。

當然這種話想想就算了，自然不敢說出來，怕被打。

之後兩人去了圖書館，向暖寫作業，林初宴用他遍體鱗傷的手機上網，找了幾款球鞋，問向暖喜歡哪一款。

向暖低聲說：「我自己買就好。」

「是情侶款，正好一起買。」

情侶鞋喔……向暖心裡有些甜，低頭笑了。

選好了款式，林初宴下單付款，然後尷尬的事情出現了……付款顯示餘額不足。

他，沒錢了。

他偷偷看一眼向暖，她低著頭在笑，幸好，這尷尬的一幕沒被她發現。

林初宴重新下了訂單，只買了女款。幸好，買一雙鞋的錢還夠。

唔，看來要想辦法弄錢了。

林初宴傳了封訊息給爸爸：爸爸，看到我的朋友圈了嗎？

林雪原：沒看到，拉黑了。

林初宴：……

林雪原看不過倒楣兒子在朋友圈哭窮，早就拉黑他了。現在見到兒子問得蹊蹺，他趕緊去看了一下，這一看，不得了。

林雪原：是和向暖嗎？是吧？除了向暖，不能是別人，不然你媽會瘋掉。

林雪原：當然如果你真的和向暖在一起了，我估計她也會瘋。

林雪原：好了她已經瘋了。

他一連傳了三封訊息，看來頗為激動，林初宴慢悠悠地回了個「是」。

林雪原：你媽她哭了。

林初宴：==

雖然覺得媽媽有點誇張，不過呢，現在是個不錯的時機，於是他對爸爸說：可是我沒錢約會了。

林雪原從善如流地問：喔，要多少？

林初宴：要多少都可以嗎？

林雪原：你可以先提。

本著「漫天要價就地還錢，人有多大膽，地有多大產」的原則，林初宴跟爸爸要八百萬。爸爸讓他滾，然後給了他八百塊。

他也沒嫌棄，先把錢收下了，然後說：媽媽就不擔心我太窮，委屈了向暖嗎？

林雪原：放心吧，你媽說要包個大紅包給向暖。

林初宴：……

誰是親生的，一目了然。

※　※　※

林雪原放下手機，輕蔑一笑：「臭小子，再讓你算計我，我叫你爸爸。」

越盈盈剛才激動地流眼淚了，現在眼睛發紅，她自然知道老公和兒子聊天的所有內容，於是有些擔憂，「初宴都沒錢約會了，暖暖要是嫌棄他怎麼辦呢？」

林雪原笑了笑，說：「妳還記不記得，我剛上大學時穿的球鞋都打了補丁，妳嫌棄我了嗎？」

「說實話，當時是有一點嫌棄的。」

「……」這天沒辦法聊了。

越盈盈回憶當時，又補充道：「不過後來你對我那麼好，我一點都不嫌棄了。」

林雪原總算挽回了一點面子。

越盈盈想到過往，臉上掛著淡淡的笑意，「我還記得，我想換台複讀機，你突然就買給我了。之後你說你做兼職太忙，不肯和我一起吃飯，後來我才發現你偷偷啃饅頭……還有一次也是，我特別喜歡一條裙子，你也是一聲招呼都不打就買了，一個多月的兼職都白做了……老公，」越盈盈講著講著又想哭了，「我好高興遇見你。」

林雪原擁住老婆，笑道，「我也是啊。」

他從小到大吃過不少苦，並不把吃苦當一回事。現在他說：「所以你看，初宴如果真的想對向暖好，肯定會自己想辦法的，說不定就去做兼職了呢。」

「如果他不去呢？」

「不去代表他對向暖不是真心的。」

「那我打斷他的腿。」

※　※　※

向暖收到球鞋的那天，林初宴也收到一台新手機，是自家女朋友送的。

他很高興，也很憂傷。

感覺自己被包養了……不行，不能這麼下去了。

林初宴簡單地做了市場調查，對比了一下各類兼職的收入和潛力。最後，他打了電話給虎哥。

三天之後，向暖得知林初宴和豌豆TV簽約了，作為一名遊戲主播正式出道了。

向暖覺得很好玩，「我也要去，我也要去。」

「妳不能去。」

「為什麼？我也被邀請過。」

「女主播太辛苦了。」

這裡的辛苦，更多的是指精神上的苦。林初宴做過調查，很多女主播都會被觀眾調戲，輕者語言輕佻曖昧，重者下流無比，不忍直視。

他不能接受向暖被這樣對待，光想想都難受。

向暖有點遺憾，「你都能靠遊戲賺錢了，我也想做兼職。」

「我賺錢，我們兩個花，一樣的。」

「那不一樣，我想自己賺。」

「不許做主播。」

「好，不做不做。」

不做主播，還可以幹點別的嘛。

向暖在網路上找了遊戲代練工作室，應徵了打手。而且，由於她段位比較高，應徵到的是「金牌打手」。

喔喔喔，看我大幹一場！

應徵成功的當晚，她就幸運地接到一張訂單，客戶段位是王者四十顆星，要求上到四十五顆，一顆星一百塊人民幣。

向暖打了一個晚上，成功掉了兩顆星，倒賠給客戶三百塊錢才免於被投訴。

從此以後再也不提兼職。

第五十五章

林初宴和豌豆TV簽的合約有點特別，是網站專門為他修改的。

合約裡加了一個條款——必須露臉，這種條款對一個遊戲主播來說是比較另類的。

網站方為了展現誠意，寄來品質不錯的攝影鏡頭、麥克風，以及一個可以安裝在書架上的檯燈給他。這個檯燈與一般學生用的檯燈不一樣，光線柔和，很適合在鏡頭下用。

正式開播當天，向暖問林初宴：「你要不要化個妝啊？」

林初宴斬釘截鐵地拒絕：『不用。』

向暖說：「總該修個眉什麼的吧？也要尊重觀眾嘛。」

手機那頭的人沉默了一會兒，說道：『我沒錢。』

「二十塊人民幣都沒有嗎？」

『嗯。』

向暖突然明白林初宴為什麼答應開直播了。她感覺他好可憐，轉了一千塊人民幣給他，

「你先拿去花，不夠再和我說。」

『我不會拿女人的錢。』

「那你吃飯怎麼辦啊？」

『和鄭東凱他們一起吃。』

向暖想了想，說：「要不然，我去幫你修一下眉毛吧？」

林初宴輕笑，『好啊。』

之後林初宴把室友都趕出去上自習，他自己在寢室等向暖來。

雖說向暖的化妝技術沒練到多好，但簡單修個眉毛還是可以的。而且，她滿喜歡幫人化妝，就像幫別人梳小辮子或者打扮自己的洋娃娃一樣，很有成就感。

這次來，她帶了全套的化妝品，裝了一小包，滿滿當當的，還有一張補水面膜。萬一林初宴改變主意，想化妝了呢……

向暖到時，林初宴的寢室只有他一個人。

她早就聽聞男生宿舍很髒亂，本來已經做好了心理準備，現在一進他們寢室，發現哪有那麼糟糕啊，房間裡挺乾淨的，沒有異味，東西也沒亂丟，室內顯得寬敞明亮。

林初宴幫向暖倒了杯水，向暖笑嘻嘻地看著他：「你緊張嗎？」

「為什麼緊張？」

「第一次嘛。」她讓他坐在椅子上，她站在他面前問：「你確定不化妝嗎？要不要再考慮一下？」

「不。」

「你先考慮，我先幫你修眉毛。」

林初宴坐在椅子上，閉著眼睛。向暖拿著一根眉筆在他臉上比劃著，確定好修眉的三點。她見到他的眼睫毛輕輕顫著，安慰道：「不要緊張。」

「那妳親我一下。」

她低頭在他臉上親了一下，結果他睜開眼睛，仰著頭笑看她，「親這裡才算數。」說著，抬手用指尖點了點自己的嘴唇。

「林初宴，我警告你，你再得寸進尺，我就把你眉毛剃光。」

這個威脅就比較霸道了，林初宴立刻安靜如雞，乖乖任她擺弄。

林初宴眉形清俊，眉尾上揚顯得很有神采，但幅度不是很大，整體偏柔和，沒有攻擊性。他的眉毛需要修剪的地方並不多，向暖很快就搞定了，又用眉筆畫了畫，然後用海綿擦乾淨。

搞定之後，她用爪子輕輕拍他的臉蛋，「哎呀，這是哪裡來的小帥哥？」

林初宴噗哧一笑，睜開眼睛看她。

他目光晶亮，直勾勾的，向暖被他盯得臉一熱，轉開身放下眉筆，「我說，你真的不化妝嗎？要不要試試？」

身後的人沒有說話。

向暖感覺這個氣氛有點不太對。她灰溜溜地把那些化妝品都收好，「不化就算了，要不然我先走了，你晚上加油喔。」

她提著包包走到門口，轉身和他告別。

林初宴突然把她推到門上。不等她反應，他的吻便落下來。密密麻麻的吻，像綿密的雨絲灑落在荷葉上。

向暖手一鬆，手裡的包包落地，接著雙手環住他。

她其實挺想他的。

向暖的動作似乎刺激到了林初宴，他咬了她一口，雖然沒用太大的力氣，但堅硬的牙齒壓在柔軟的唇瓣上，使她嚇得張了一下嘴，他抓住這個機會，舌尖探進她的嘴裡。

幾乎是本能地，向暖活動舌頭，舌尖向外推，想把突入口中的異物推出去。

林初宴的呼吸突然變粗重，灼熱的呼吸撲在她臉上，她感覺自己要被烘熟了。

她並沒有順利把口中的異物驅趕出去，反而被那柔韌有力的靈舌攪得不得安寧。原來接吻還可以這樣，竟然這樣。他們的舌頭糾纏在一起，像兩條嬉戲的小魚，追逐、纏綿、互相勾弄、互相濡潤。他含著她的舌尖，眷戀地吸吮，她身上的力氣都被他吸光了。

林初宴發覺到她的掙扎，他放開她，容她喘息。

向暖四肢發軟，背靠著門，喘著大氣。

這個角度下，她帶著溫度的呼吸全部噴到他的領口，那氣息順著領口鑽進他的衣服裡。

林初宴的目光變得幽亮，他低下頭來，又要吻她。

她想抗拒，用手推他；他不容她抗拒，抓著她的手腕舉到頭頂上方，緊緊地扣在門上。她無力反抗，迎著他的吻。

林初宴這次吻得更急切了，靈活的舌頭在她嘴裡進進出出，本能地模仿一些動作。向暖並沒有能力思考這些，事實上她連思考的能力都喪失了。腦子裡一片荒蕪，身體軟得要命。

像是奶油扔進炙熱的平底鍋，正在一點一點融化，融化掉。

林初宴第二次放開向暖時，向暖目帶水光，表情有點迷茫又有點委屈，喘息著說：「林初宴，你的腰帶磕到我了。」

林初宴鬆開對她的桎梏。他退開一些，彎腰幫她拿起包包。

向暖的情緒還沒緩過來，並未發覺他動作的異樣。

他把包包遞給她，說：「明天我去找妳。」嗓音暗啞得不像話。

向暖揹著她粉嫩的書包離開他的寢室，一邊走一邊低頭摸著嘴唇，臉上還是紅雲一片。剛才真是太瘋狂了，心跳到現在還沒平復。

走出宿舍時，她收到一封來自林初宴的語音訊息。他的聲音依舊暗啞低沉，聽在耳裡莫名性感。

林初宴：『不是腰帶。』

※　※　※

本來向暖和林初宴約好了，他的直播首秀，她要來捧場，可是晚上她爽約了。

大概是沒辦法面對他的腰帶。

她不來，他的直播還是要照常開，因為直播平臺已經籌備好幾天了。

林初宴長得帥、技術好、聲音又好聽，渾身閃耀著人民幣的光芒，平臺對他傾注了不少資源，完全不是新手該有的待遇。開播前就造勢了一波，開播當天，又將他推薦到網站首頁。

很多路人看到首頁推薦點進直播間，進入直播間的第一反應是：咦？我怎麼進錯區了？然後退出去，重新找王者榮耀區，發現又能看到這個人。

長成這樣……遊戲主播？等等，難道是哪個明星來直播了？看一眼主播ＩＤ——初宴？沒聽過，應該不是明星。好吧，再看一眼直播間的名字，向暖而生？好耍帥喔……

有些一頭霧水的路人決定暫時拋掉那些顏值和耍帥，看看這個遊戲主播的技術怎麼樣。

看了一會兒，路人忍不住發彈幕：６６６６

林初宴一場遊戲結束的時候會看一眼彈幕，回答一些問題。他會先把問題念出來：「主播多大了……二十歲。主播哪裡人……南山。主播有沒有女朋友……有。主播是每天晚上直播嗎……是。」

當答到主播有女朋友時，直播間裡一片哀嚎。

其實，關於女朋友這件事，平臺方有建議過林初宴不要透露，林初宴直接否決了。

直播間的成分複雜，也不盡是文明人，有罵人找碴的、帶其他主播節奏的、調戲人的、賣A片的，應有盡有。林初宴讓管理員把賣A片的都禁言了，其他隨意。

然後他說：「你們可以關注我一下，免費的禮物送一下，我缺錢。」

我，缺錢。

身為一個帥哥，你要不要這麼直白啊！一點偶像包袱都沒有！

有觀眾問：『主播為什麼缺錢啊？』

林初宴把這條彈幕念出來，然後答道：「我要賺錢娶媳婦。」他講這話時垂著眼睛笑，像是有點不好意思。

直播間又是一片沸騰，有為主播的笑顏痴迷癲狂的，也有做為單身狗被虐到哀嚎的。

突然間，直播間炸起一片特效，這是有人送了用人民幣買的禮物才有的特效。

「不做大哥很多年」送給主播十個深水魚雷——十個深水魚雷就是一千元人民幣。

不做大哥很多年：可愛，想上。

林初宴：「……」

第五十六章

林初宴沉默地點開了那位「不做大哥很多年」的使用者資料。只有一級的帳號，沒關注別的主播，也沒在別的直播間消費過。這個情況，要嘛是新手，要嘛是分身帳號。花錢花得挺熟練，不太可能是新手，那麼，是誰的分身？如果是一般不認識他的人，有必要開分身嗎？所以說，這個人極有可能認識他？

認識他的，是在網路上看直播的時候剛好遇到？還是提前知道了他今天要開直播，前來捧場？

他才開始直播半個小時，如果是剛好遇到，未免太巧了吧？

那麼，如果是提前知道他要開直播的，那就有意思了……

豌豆TV的帳號是可以用暱稱直接登入的。林初宴輸入這個暱稱，密碼用向暖的生日試了試，沒成功。

直播間的觀眾在催他開遊戲，他只好壓下心頭疑雲，繼續直播。

第二天是星期六，林初宴上午去找向暖，兩人計畫上午在圖書館讀書，下午看電影。

向暖看起來很正常，還朝他笑了笑。

林初宴也對她笑。

到圖書館，擺好東西，向暖開始刷手機。一般情況下，這就是她寫作業之前的熱身活動。先看看朋友圈，再看看遊戲新聞，然後看看有什麼新鮮事。她在微博裡看到一條內容為「幫小哥哥娶媳婦」的熱門微博，好奇地點開……哈，這不是林初宴嗎？

向暖好興奮，兩眼放光地把手機遞給身旁的人，悄聲說：「林初宴你快看，這是你！」

林初宴一看，也有點意外。

發微博的人完全站在一個花痴的角度，講了昨天直播的事情。敘述有些混亂，看起來不太像行銷通稿。微博裡截了幾張圖，還有一段影片，尤其是林初宴笑著說要「賺錢娶媳婦」那段，真真正正的眉目如畫，神態溫柔得讓人沉醉。

圖片和影片的清晰度都不太好，即使這樣，這條微博也紅了，轉發有兩萬多則。評論區也是什麼都有，有人在打聽小哥哥的來歷，有人自告奮勇要當小哥哥的媳婦，有人在賣萌徵婚，還有人感嘆現在世風日下，到處都是炒作。

林初宴很確定自己沒有炒作，不過平臺方有沒有炒他就不知道了。他傳了封訊息給一直跟他聯繫的那位網站運營詢問此事，運營表示不知情。

向暖滑著手機螢幕，一條條看評論。看了一會兒，越看越氣——評論有一半以上是要當林初宴媳婦。

她把手機往桌上一扣。向暖是個喜怒都形於色的人，基本上不會掩藏自己的情緒。林初宴見她不開心，連忙抬手輕輕地幫她順毛，「怎麼了？」

「那裡面有一萬個人想嫁給你。」向暖說這句話時就感覺胸口疼。

林初宴一下一下地順著她的頭髮，輕笑：「可是我不想娶別人，我只娶妳。」

向暖的胸口突然不疼了。

她真佩服他，一句話就把她心裡的那點火氣吹熄了，剩下的都是滿心的柔軟甜蜜。她有點不好意思，低頭拉過英語考卷來，提起筆，狀似認真地審題。

嗯，這學期要考英語四級，要好好讀書。

林初宴往她身邊湊了湊，趴在桌上看她，小聲問：「那麼，妳想嫁給我嗎？」

向暖撇開腦袋，「你走開，我才十九歲。」

林初宴直起身子，有些遺憾地輕輕嘆了口氣。確實，她年紀太小了，現在他們不適合把關係推得太近。雖然，他其實有點……嗯，反正最近都上火了。

「我昨天晚上夢到妳了。」他說。

只說了這句，沒說別的，但也不用說別的了。昨天兩人發生了什麼事，大家心知肚明，他晚上能作什麼好夢。

向暖被他這句話弄得臉紅心跳。她扔下筆，從筆袋裡摸出一捲膠帶。扯著膠帶，她在林初宴的嘴巴上貼了封條。
只有他安靜如雞，她才能安心學習。
林初宴的嘴巴被貼了好半天，直到她寫完一張英語考卷，他們要去吃飯了。
向暖放下筆挺直了腰，活動一下肩膀，這才發覺他的封條還在。她看向他時，他還朝她眨了眨眼。
唔，好可憐的樣子。一陣內疚湧上心頭，向暖輕輕地幫他把膠帶撕下來。
林初宴抽紙巾擦著嘴，說：「妳得補償我。」
「今天不許親。」
「為什麼？」
「我不能接受一個有膠帶味的林初宴。」
林初宴：＝＝

※　※　※

午飯吃三杯雞、羊肉湯以及兩個炒青菜。林初宴看到桌面上有購物網站的廣告，他用手機掃了一下，「註冊有紅包。」
向暖很理解他。人窮的時候，看到紅包心裡就有親切感。

「來，幫我想個密碼。」林初宴說。

向暖正夾起羊肉湯裡的蘿蔔往嘴裡送，聞言說道：「你就用你姓名的首字母加上學號，不要用生日，生日太簡單了。」

林初宴「喔」了一聲，語調悠長。

向暖的蘿蔔有點燙，只咬了一小口，然後吹了吹，一抬眼，見到林初宴在笑。

這傢伙看著螢幕，眼睛好像在發光，笑出一排潔白的牙齒，別提多開心了。

「你需要這樣嗎？多大的紅包啊？」向暖很好奇。

「三十九。」林初宴隨口編了個數字。

向暖心想，三十九塊人民幣的紅包能高興成這樣，我男朋友好可憐，我一定要多買點好吃的給他。想到這裡，她拿起卡，「我再去買個番茄牛腩。」

「不用，」林初宴一把抓住她的手，「夠吃了，不要浪費，妳坐下。」

他還在笑。

不，應該說他笑得更開心了。嘴巴咧開就合不攏，眼睛彎彎的，雖說這笑容很好看……可是也很可怕好嘛！就為了三十九塊錢笑成這樣？他的精神是不是出問題了啊……

向暖心裡毛毛的，他讓她坐下，她不敢反抗，輕輕地坐回去，不動聲色地看他。

林初宴笑咪咪地幫她夾菜，「來，多吃點。」

「你你你你怎麼了？」

「我高興啊。」他說著，朝她擠了一下眼睛，「來，快吃。」

向暖夾起雞肉往嘴裡送，雞肉嚼在嘴裡是什麼味道她暫時沒感覺，她現在全部的注意力都在林初宴身上。

林初宴笑著，叫了她一聲，「大哥，」頓了一下，無視她見鬼一樣的表情，繼續說，「聽說妳想上我？」

「噗咳咳咳⋯⋯」向暖被雞肉噎到了，捂著胸口一陣咳嗽。

林初宴輕輕拍她的後背，動作很溫柔，「怎麼這麼不小心啊，大哥？」

她總算順過氣來，看了他一眼，一臉莫名其妙：「不知道你在講什麼。」

「密碼是姓名的首字母加學號，」林初宴說完晃晃手機，手機螢幕上是豌豆TV的介面，哪是什麼購物網站。「登入成功，不做大哥很多年。」

向暖實在是沒防備他這一招。他之前裝得太像了，讓她一點懷疑都沒有，就這樣著了魔，自己把自己招出來了。

嗚，沒臉見人了！

林初宴見向暖黑著臉要走，趕緊拉她坐好，「吃飯。吃飽飯才有力氣上我，大哥。」

向暖無地自容，還想走，林初宴卻扣著她的手腕。他力氣太大了。

他看著她通紅的臉蛋，說：「沒想到我們家暖暖還有這麼狂野的一面。」

「你閉嘴啊！」

林初宴怕真的把她惹惱了，閉嘴沒說話，只是望著她，想笑又不敢。

「我是為了教訓你。」向暖小聲解釋了一句。

昨天他讓她留下陰影了，回去之後她就覺得不甘心，為什麼林初宴老是欺負她？她也要讓他嘗嘗被調戲的滋味。

被女生調戲搞不好是他求之不得，所以要是男生。男生怎麼調戲男生？她當然知道，她畢竟在虎哥直播間裡當過管理員，什麼人沒見過。她從小是個乖寶寶，昨晚第一次講髒話，傳出去的時候還有點緊張，不過其實也有點刺激。是那種偷偷幹壞事、沒人能發現的刺激。

誰能想到今天就現出原形了啊……命好苦！QAQ

林初宴憋笑憋得快內傷了，他把餐盤裡的筷子撿起來遞給她，「先吃飯。」

「不吃了。」

「不吃飯，我叫妳大哥。」

向暖真的好想把男朋友賣掉，一毛錢人民幣一斤就行，不用多給。

第五十七章

林初宴的直播時間是晚上八點到十點，向暖晚上在班上開會，快九點才回宿舍，回去後趕緊打開豌豆TV看自己男朋友的直播。

一進豌豆TV的首頁，她嚇了一跳。林初宴的人氣怎麼漲這麼快？太誇張了吧！

要知道，他才直播第二天，人氣都快追上虎哥了。虎哥算是王者榮耀區小有名氣的主播，向暖都有點懷疑是網站方太看好他，所以急不可耐地幫忙造假了一下人氣，直到她點開林初宴直播間的關注列表。

如果是虛假的人氣，關注列表裡會有很多僵屍粉，向暖仔細看了一下，發現僵屍粉並不多。

人氣是真的。

她有想過林初宴如果走紅了會如何如何，但實在沒想到這傢伙竟然紅得這麼快。

嗯，果然不愧是林初宴，走到哪裡都是火花帶閃電，註定不平凡。ㄟ(┐、┐)ㄏ

林初宴打完一局遊戲，打電話給她，問她回去沒。

兩人提前約好了晚上一起打排位，不過現在出現了一點小意外——陳應虎也在。

向暖回宿舍之前，陳應虎一直在和林初宴雙排，現在聽說向暖要來，陳應虎也沒說要走，就默默地等著三排。

林初宴不好意思趕他，三排就三排吧。

向暖開手機打遊戲，開著電腦看直播，武裝齊全得很。她和林初宴組好隊，進到三個人的聊天群組時，林初宴的直播間刷出一排「嫂子好」的彈幕，把她逗得樂不可支。

除了「嫂子好」，還有一堆「情敵妳好，妳男朋友歸我了」，這種無視掉就好了，反正他們也不可能真的把林初宴搶走。

林初宴問：「明天做什麼呢？」

陳應虎：「明天我想去老鳳街。」

林初宴：「沒問你。」

彈幕一片「哈哈哈」，陳應虎也在開直播，他的直播間裡都是「心疼」，各種心疼虎哥。以前粉絲「心疼虎哥沒女朋友」時，陳應虎還能在心裡嘚瑟一下哥其實有女朋友，現在觀眾心疼他，他也心疼自己。

可是一個人玩太無聊了，所以他儘管心裡疼著，還是要厚著臉皮和這對情侶組隊。

林初宴又問向暖明天想做什麼。今天下午兩人看完電影吃了晚飯，一天的約會就這樣結束了，來不及問別的。

向暖答：「我也不知道幹什麼。」

「明天不要上自習了，我們去看櫻花。錯過了桃花，不能錯過櫻花了。」

「好啊。」

向暖說著，看一眼直播間的彈幕，發現好多「汪汪汪」。

她有點囧，這些觀眾太不淡定了，她和林初宴講話的內容很正常好不好。

一邊聊天，三人一邊進了遊戲，各自選了英雄。向暖本來想打上單，可惜上單的位置被搶了，只剩下輔助位置供她選。出於穩妥考慮，她拿了比較擅長的張飛。

這一手張飛，引發了一波彈幕高潮。

——給玩張飛的小姊姊跪下了。

——男貂蟬女張飛，現在的年輕人可真會玩。

——救命！本來我還在腦補初嫂的顏值，現在滿腦子只有張飛了！

——看來暖神小姊姊不在乎顏值。是不是越不在乎顏值的人，越容易找到極品顏值的男朋友？好了，我宣布從今天開始脫離顏狗隊伍！

一開局，向暖領著自家射手，幫陳應虎的打野去對面反了個藍 Buff，發生混戰後她護著自家兩個小脆皮全身而退，射手順手收了顆人頭，拿下一血。

之後遊走探視角，絕對不搶隊友資源，也不搶功勞，哪怕有人頭擺在面前，也儘量讓給隊友。

這就是一個輔助該有的專業素養，她畢竟跟著楊茵訓練過。

本來，直播間裡一直有人質疑這位暖神的王者段位是男朋友帶上去的，但是慢慢的，到這局遊戲的後期，這種聲音都消失了。

張飛拿著全隊最低的經濟，打出了超過百分之九十的參團率，自身零傷亡。

哪怕不看這些戰績，有眼睛的人都能看到張飛對隊友的保護力有多強。

遊戲結束時，直播間裡嘰嘰喳喳的，好多人在討論暖神，還有人喊她「女神」，搞得好像她能玩好遊戲是多意外的一件事。

向暖第一次來跟林初宴直播，還有點羞澀，不好意思講話。現在看到這些彈幕，她忍不住說：「本來女孩子就能玩好遊戲啊，這是很平常的事。」

有人雞蛋裡挑骨頭，說只會玩輔助沒意思，還說女孩子也就玩玩輔助。

於是第二局遊戲，向暖搶了一手花木蘭。花木蘭對操作的要求比較高，神的超神，坑的超坑。

向暖的花木蘭是楊茵調教出來的，絕不會是坑的那類。

這局，前期花木蘭獨自一人對抗上路兩人，把上路守得像鐵桶一般；中期某次團戰偷偷繞後，一人連斬敵方的法師和射手。

彈幕一波「666」送給花木蘭。

林初宴笑：「這就是我的女朋友。」

彈幕：

——初神你說實話，你的王者是不是女朋友帶上來的？

——是不是因為我單身太久了，你現在說什麼我都看起來像狗糧。

——前面的別走，感覺這個主播和暖神在一起，連呼吸都是粉紅色的＝＝

——暖神，我等妳娶我。

——大家好，我宣布我已經和初神離婚了，現在我老公是暖神。

林初宴看著那些說要嫁給向暖的彈幕，向暖看著那些說要嫁給林初宴的彈幕，兩人現在心情都是酸爽無比。

陳應虎突然講話了：「我說，雷霆盃的比賽，你們要不要參加？」

第五十八章

「雷霆盃」電競比賽是一個叫鄒雷霆的人創辦的，以他個人的名義。鄒雷霆是豌豆TV遠古神級的主播，也是豌豆TV的股東之一，因此雷霆盃的比賽與豌豆TV有分不開的聯繫，通常就在豌豆TV這個平臺進行宣傳和直播。雷霆盃王者榮耀項目的比賽，冠軍獎金是十萬人民幣，報名條件是隊伍裡至少要有一名豌豆TV的簽約主播。

陳應虎簡單介紹了一下雷霆盃，向暖聽到冠軍有十萬塊，相當感興趣：「好啊，必須參加。」

「茵姊也說要去，」陳應虎說，「這樣就四個人了，還差一個。」

向暖想到忘卻。忘卻是個粗大腿，這種事情她通常第一個想到他。「忘卻呢？」

「忘卻要訓練，不好因為這個事請假。」

鄭東凱和歪歪也都不行。雷霆盃雖說是業餘比賽，但參賽的多半是實力主播，剩下是代練、半職業的選手，總之都是靠這個遊戲混飯吃的，比校際聯賽這類業餘賽事的水準高得多。

陳應虎之前和楊茵談過，楊茵覺得鄭東凱和歪歪的水準還是不夠好，參加這種比賽只能被人捶，沒意義。

其實他們有一個更合適的人選，但陳應虎掂量了一下，不知道該不該開口提。

林初宴一直在聽他們講話，沒參與討論，現在他的諸葛亮身上掛著五個環環，正在甩著大長腿追敵人。追著追著發覺勢頭不對，掉頭就跑，可惜已經晚了，敵人援軍到了，從側面抄過來，本來被他追著的那個殘血敵人也突然轉身，三打一，打算把他滅了。

向暖從小地圖上看到諸葛亮被包圍，她估算了一下距離，感覺來不及營救，於是沒去幫忙，而是趁著敵人兵力空虛的機會去推塔。

林初宴有點鬱悶，說道：「妳不打算救妳男人？」

「妳男人」三個字讓向暖一陣臉熱，她「咳」了一聲說，「反正都是會死。」

林初宴：「我要是不死，妳叫我一聲『老公』。」

向暖：「你要是死了，你叫我一聲『爸爸』。」

直播間裡滿屏的「哈哈哈」。

向暖不相信林初宴能活下去，操作再怎麼好，英雄屬性擺在那裡呢。她以隊友視角看他那裡的戰況。諸葛亮這個英雄，操作好的話可以貼臉和敵人對毆，現在林初宴已經收了敵方一顆人頭，還把另一個敵人打殘，當然他自己的血條也見了底。

這已經是最好的結果了，一點都不用惋惜。

她看著英俊帥氣的諸葛軍師倒下，帶著悔恨和不甘，以及一點即將叫女朋友「爸爸」的惶恐。

向暖忍不住笑了，「哈！呃……」笑聲突然卡住。

諸葛亮又原地站起來了。

怎麼會？

能這樣原地站起來，只可能是因為買了復活甲。向暖看了一眼對戰資訊，果然，林初宴的裝備欄裡多出了一件「賢者的庇護」，也就是俗稱的復活甲，死亡後兩秒鐘原地復活，並恢復少量血量。

問題是，他是什麼時候買這件裝備的？她剛才看時，明明還沒有啊……

此刻兩個敵人已經準備撤退了，顯然他們和向暖一樣，對諸葛亮的生命力之頑強並無防備，反應慢了半拍。諸葛亮悠哉悠哉地，一個大招收走殘血的那位敵軍。

向暖突然有一個可怕的想法——林初宴殺人之後大招很快就刷新，剛才一直留著大招沒有用，會不會就是為了等這一刻？

戰場裡的情況瞬息萬變，此刻諸葛亮殺完人就跑，僅剩的那名敵人大概失去理智了，緊追著他不放。向暖聽到林初宴弱弱地說了一聲「救人」她才反應過來，連忙去接應他。

第三個敵人也料理完時，最先死掉的那位在公頻上傳訊息，質問諸葛亮為什麼這麼早買復活甲。

復活甲通常是最後一件使用的裝備，太早買，CP值不高。

林初宴回：『怕死。』

敵人回了一串刪節號。

向暖問林初宴：「你到底是什麼時候買復活甲的？」

「死前的那一刻，賣掉裝備買的。」

向暖不信，「不可能，怎麼來得及？這得要多快的手速？」

林初宴輕輕一笑，「妳知道我為什麼手速這麼快嗎？」

向暖直覺他沒好話，連忙說：「你快閉嘴吧……」

「因為我從小練鋼琴……妳在想什麼呢？」

現在直播間的觀眾都被林初宴那蕩漾的笑容閃瞎狗眼了，紛紛迫不及待地發彈幕。

——主播你其實不用打遊戲，就這麼待著，我能看一百年。

——調戲女朋友這麼熟練？

——從小練鋼琴！男神好棒！

——別怪暖神不信，要不是因為親眼看見，我也不信！就一眨眼的功夫，螢幕一花根本沒看清是什麼鬼！

——哈哈哈我本來是來看秀恩愛的，結果一不小心聽了段相聲＝＝

——暖神，妳在想什麼？大聲地說出來我們要聽！

——色情主播，舉報了。

——只有我發現虎哥話少了嗎？心疼虎哥。
——心疼＋1，虎哥，要不然別和他們玩了，他們是壞人，羞羞。
——能把一個話嘮逼成這樣，我服氣。
「我生氣了。」向暖突然說。
林初宴心裡一咯噔，「我錯了，不要生氣。」
觀眾們一陣無語，男神你太快認錯了吧？好歹先問問她為什麼生氣啊……
「你當著那麼多人的面跟我亂說話，我不要面子啊？」向暖倒是自己先說了。
彈幕已經有人開始說她做作了，各種嫌棄她。
林初宴額角滴汗，生怕她看到這些彈幕更加生氣，連忙柔聲哄她：「好，我以後都改，對不起，原諒我這一次。」
「那也不行，除非你答應我一件事。」
「什麼事？」
「你先答應我。」
「好，我答應妳。」
「你絕對不會逼我叫你老公。」
林初宴瞇著眼睛咬了咬牙，心想這傻子學聰明了。
此時此刻，直播間觀眾的心聲是——好不容易把瓜拿起來了，咬了一口發現又是狗糧！

向暖總算騙到了林初宴，心裡有些得意，她不想和林初宴說話了，於是問陳應虎：「虎哥怎麼不說話？」

「我說了，你們沒聽到。」

「喔喔，對不起虎哥。」

「沒事。」

「虎哥明天玩什麼？」

「我也沒什麼可玩的，想去老鳳街轉轉。」

向暖突然想到一個主意，對林初宴說：「初宴，不如我們——」

話未說完，便被他打斷：「不行。」

向暖吐了吐舌頭，「我說，你整天跟我在一起不膩嗎……」

她只是說說，本來不打算讓他回答，正要繼續講話，他突然插了一句：「不膩啊。」

把她弄得一瞬間忘詞了。

過了一會兒，向暖才說：「我是想說，我也挺想茵姊姊的。不如也叫她過來，大家一起玩嘛，反正要比賽了，要先培養一下默契，對吧虎哥？」

陳應虎覺得有道理。

自從林初宴談戀愛之後，都不怎麼陪他玩了。他有一次無聊跟林初宴開玩笑，問林初宴，如果他和向暖掉進水裡，林初宴會救誰，林初宴說他自取其辱。

後來林初宴好像也自覺話說得太重，又打了個補丁，問他喜歡什麼，可以燒給他。

陳應虎只想要可哥，但他不希望可哥被燒掉。

反正陳應虎覺得很寂寞，他又不敢回Z省，因為爸媽老是催他帶女朋友回去看看。他們還不知道，他的女朋友已經變成蝴蝶飛走了。

雖說跟這對情侶一起玩也有點虐心，但總比一個人自虐要好，兩害相權取其輕，他願意和他們一起玩。

「好不好嗎？」向暖問林初宴。

林初宴說不出拒絕的話。畢竟，她想幫他綁小辮子他都拒絕不了。

「妳就是來剋我的。」他說，「妳先問問楊教練有沒有空。」

楊茵因為之前打傷一個土豪老闆，現在那個姓鄧的老闆出院了，在到處黑她，導致她一直沒找到工作，向暖跟她提了明天一起看櫻花的事情，她欣然答應。

陳應虎想到他們第五個隊友的人選，忍了半天終於沒忍住，小聲問道：「要不要把我表哥也叫來呢？」

第五十九章

林初宴買了個容量1L的超大型保溫杯，他讓陳應虎揹著保溫杯，然後兩人一起去鳶池校區找向暖。

向暖正在湖邊涼亭裡坐著，做美甲。

美甲師是越盈盈幫她預約的，越盈盈聽說他們要去賞櫻花，好興奮，身不能至心嚮往之，於是預約了一個美甲師，一大早來幫向暖做櫻花指甲，聊表心意。

林初宴也是從談戀愛以後，才發覺原來自己親媽的思路是這麼開闊。

除此之外，越盈盈還叮囑向暖：多拍照片。

林初宴他們到時，向暖的指甲剛好做完，她跟美甲師道了謝，問多少錢。

「已經付過了。」美甲師是個二十多歲的小姊姊，現在一邊回答，一邊收東西，看到林初宴來，臉上閃過一絲驚豔的神色。

美甲師離開後，向暖張著手朝林初宴比劃，手指一張一收，笑問：「好看嗎？」

「我看看。」林初宴拉下她的手，一根手指、一根手指地看，看完一隻手看另一隻手，看得特別仔細，比寫題目還認真。

等把十根手指頭都摸過一遍，他才答道：「好看。」

陳應虎也說：「好看。」

林初宴斜了他一眼。

向暖指了指陳應虎揹著的大保溫杯：「帶這麼大的杯子做什麼？公園可以買礦泉水吧？」

「帶給妳的。」

「我？」

「嗯，」林初宴摸了摸她的狗頭，一臉慈祥：「多喝熱水。」

向暖：＝＝

她確實正值生理期，問題是他怎麼知道的啊……

「你怎麼知道的？」她的臉有點熱，小聲問他。

林初宴：「以我的觀察能力，基本上杜絕了妳婚後出軌的可能。」

「喂，你扯遠了吧……」向暖有些囧，想了想又覺得不公，「我不能出軌，那你就可以隨便出軌嘍？」

「我不會出軌。」

「你怎麼那麼肯定？」

林初宴沒有回答，只是抿著嘴角笑，眼睛直勾勾地盯著她，那眼神叫一個蕩漾。

向暖頭皮一緊，輕輕推了他一把。他借勢捉住她的手，握著，「走了。」

走出涼亭時才發現，這麼一會兒的功夫，外面開始飄起雨了。陳應虎問林初宴：「初宴，你帶傘了嗎？」

「這不是有嗎？」林初宴見向暖手裡提著一把雨傘，接過來打開，兩人共同撐著。

這把傘粉底白花，款式倒很適合賞櫻，可惜是單人傘，傘面很小，兩人共撐的話空間顯得很狹窄，必須靠在一起。

林初宴舉著雨傘，傘面微微傾斜，他幾乎快把向暖攬進懷裡了。

就在這時，陳應虎從包包裡掏出一把傘，打開。雨傘是深藍色的，很大很大，他一打開，頭頂立刻陰了一片。

不，這不是傘，這是蘑菇雲。

陳應虎站在他的蘑菇雲下邀請林初宴：「你們兩個擠在一起不累嗎？初宴，你和我撐一把吧，我的雨傘大。」

林初宴又斜了他一眼。

之後林初宴並沒換到陳應虎的傘下，就這樣擠著，來到學校正門與另外兩人會合。

※　※　※

楊茵比沈則木先到一會兒。她在南大正門下了車，把休閒衣的帽子往上一翻，就這樣手插口袋等著。春天的雨不大，雨絲像霧一樣，落在身上沒什麼感覺。等了幾分鐘，她低頭用手機發語音：「我到了，你們還多久啊？」

在身後很近的地方突然響起一個聲音：「轉身。」

楊茵愣了一下，扭頭，看到近在眼前的沈則木。

她把腦袋往上抬了抬，發現現在頭上有傘。

「你怎麼走路沒聲音？」她小聲嘟囔了一句。

沈則木很確定自己走路有聲音，是她沒聽到而已。不過這不是什麼大不了的事，他也沒辯解，就這麼撐著傘，默默地看著路邊行人。

楊茵想到他們的三角關係，於是問候他：「你還好吧？」

「滿好的。」

「好就行。」

「嗯。」

莫名其妙的對話。

過了一會兒，沈則木突然說：「謝謝。」

楊茵抬頭正要講話，一眼看到向暖他們幾個走來，她一樂，朝他們揚手：「向暖，這邊這邊！」

向暖快速跑向她，「茵姊姊！」也不管下不下雨了。

她來得太快，像個小導彈一樣衝過來，沈則木怕她跌倒，在她刹住腳步時，扶了一下她的肩膀。

向暖一愣：「學、學長好。」

不遠處，一道視線落在他扶在她肩頭的手上。

沈則木微微抬了一下眉，目光落到林初宴臉上，平靜地和他對視。

陳應虎感覺不太妙，於是撐著蘑菇雲走在林初宴面前，擋在兩人之間，「表哥。」

沈則木移開視線，淡淡的「嗯」了一聲，有點冷漠。

向暖朝楊茵比了比手指：「茵姊姊，妳看我的櫻花指甲好看嗎？好可惜，妳怎麼不愛做指甲，要不然我們可以一起做。」

「我也不知道，就是不愛擦指甲油，我看妳的就好啦。」

兩人說了一會兒話，之後林初宴走到近前，向暖把自己的小花傘接過來與楊茵一起撐，一邊走一邊聊。

林初宴只好走在陳應虎的蘑菇雲底下。

南山市有兩個比較大的賞櫻景點，鳶池公園是其中之一，從南山大學鳶池校區走路過去只需要十五分鐘。向暖到時，只見細雨微風中，大片大片的櫻花開得正熱烈，放眼望去，霧靄婆娑，長霞織錦，如煙雲般絢爛。在雨絲拍打下，有許多花瓣委地，一點點一片片，撲在石板路面上，腳踏上去，彷彿踩在十萬星河之上。

她知道櫻花是什麼樣的，現在看到，眼裡依舊震驚：「好漂亮啊……」

這麼漂亮，一定要多點拍照。

向暖一開始拍的照片還是正常的，後來林初宴把她拉到一邊，站在櫻花樹下，捏了她的臉。

他把她的臉都捏變形了，拍了張奇葩的照片。

向暖的臉並沒有被捏疼，但她的尊嚴被捏疼了。為了報復，她也捏了林初宴的臉。

後來就一發不可收拾了，兩人互相捏臉拍照，有單人照也有合照。

陳應虎站在遠處看他們，看了一會兒，有些羨慕。他收回目光，對一旁的沈則木說：「表哥，你是不是也覺得他們兩個很配？」

沈則木對自己這個表弟感到費解。到底是什麼東西驅使他一遍又一遍地往自己表哥心上插刀？圖的是什麼？有錢賺？

陳應虎嘆了口氣，說：「表哥，看開點，要不然就換個心上人吧。」

「你管好你自己。」沈則木說。

陳應虎心裡一跳，偷偷看沈則木，也看不出他是什麼表情。陳應虎撓著後腦勺，打了哈哈。

沈則木輕輕地哼了一聲，語氣十分鄙夷：「你當我不知道？」

「啊？表哥你說什麼？」

「你已經很久沒在朋友圈秀恩愛了。」

「表哥，不要告訴我爸媽。」

沈則木沉吟半晌，目光突然有些奇怪：「你不會還沒報警吧？」

陳應虎別開臉不看他，嘟囔道：「幹嘛要報警？」

「因為你被騙了。」

陳應虎有點急了，反駁道：「誰說可哥是騙子啊？」

「不是騙子，還會是什麼？」

「就不會是被車撞到失憶了嗎？電視上都是這樣演的。」

沈則木真想扒開陳應虎的腦袋，看看裡面是甜豆腐還是鹹豆腐。

「報警。」他說。

「我不！」陳應虎極力抗拒。

「如果你真的相信她，」他的目光冷靜而銳利，彷彿冷硬的刀片刮在人的心口上，「你更應該報警。」

陳應虎黑著臉轉身走了。

楊茵聽到了他們的對話。她走過來，看了沈則木一眼，說：「我也覺得你滿無趣的。」

沈則木抬眼看她，問：「妳覺得我錯了？」

「你沒錯，你很堅強。但堅強不是天性，人們有軟弱的權利。」楊茵說完這番話也不理會他，轉身去追陳應虎。

沈則木獨自一人站在櫻花樹下，往左看是漸漸遠去的楊茵，往右看是恩恩愛愛拍照的林初宴和向暖，他突然覺得很孤獨。

向暖挑了幾張林初宴的臉被捏到變形的照片，傳給越阿姨。

越阿姨回得很快，導致向暖都有點懷疑阿姨是不是正在等著看照片。

越盈盈回了幾個捶桌大笑的貼圖，然後把兒子的醜圖轉給林雪原。

林雪原快高興死了，跟老婆說：蒼天有眼，總算找到剋他的人了。

第六十章

向暖只是和林初宴拍了一會兒照，一回頭發現楊茵他們都不見了。她有點疑惑：「我還想再和茵姊姊拍幾張呢。」

林初宴挽她的手說：「先走吧，說不定等等就能遇到。」

公園很大，遊人如織，要是想遇到得擦亮眼睛了。

向暖走在石板路上，四周花瓣紛紛簌簌，有如夢境。走著走著，她聽到林初宴問她：「妳想不想跟我學秒換復活甲？」

當然想學啊……向暖眼睛一亮，可是一想到他那奇葩的手速，立刻搖了搖頭，「不行，我手速不夠快。」

「妳手速夠快，只要多訓練就行。」

「真的嗎？」她側臉看他，微微仰著頭，「那你教我。」

林初宴唇角一勾，笑了：「我也不能白教。」

向暖覺得他這個笑容基本上可以用一個成語概括——不懷好意。但她心裡癢癢的，於是問：「那你說，要怎樣？」

「妳還欠我一聲『老公』呢。」

「你答應過我不會逼我的。」

「我可沒逼妳。」林初宴突然停住腳步，低頭看她，「我們這是——」一邊說著一邊微微彎下腰，往她耳邊吹了口仙氣，「等價交換。」

向暖被他吹出一身雞皮疙瘩，扭開臉躲他，「你，走開。」

林初宴直起腰，牽著她的手繼續走。兩人沉默不言地走了一會兒，向暖突然小聲哼哼了一句：「老公。」

林初晏眼睛帶笑地瞥了她一眼，「妳說什麼？大聲點。」

向暖埋著腦袋又叫了一遍，「老公。」

「我聽不到。」

「老公老公老公！」她豁出去了。

接下來林初宴的操作就有點騷了。他一手攬住她的身體，仗著自身的身高優勢，把她抱離開地面，身子一轉，走到路邊的草叢上。向暖覺得自己在他面前就像個小蚱蜢一樣，他想怎麼捏就怎麼捏。

還不只這樣。此時兩人站在櫻花樹下，離石板路有點距離。林初宴本來舉向天空的雨傘突然調轉，傘柄斜架在兩人的手臂之間，傘面朝向路邊，隔絕了行人的視線。

小小的一把傘，就這樣隔出一片空間，只屬於他們兩人的。

半封閉的空間裡，她仰頭，對上他幽亮的眼睛。

向暖心裡一跳，剛要說話，林初宴卻突然低頭吻她——他竟然真的敢親！

向暖嚇得要死，身體繃緊，像個僵屍，被動地承受他膽大妄為的吻。

林初宴察覺到她的緊張，放開她的嘴唇，低頭蹭了蹭她的額頭，笑道：「別怕，他們看不到。」

「你別、別這樣……」

他一手牢牢摟住她的腰，不許她跑，然後低聲說：「早就想和妳在櫻花樹下接吻了。」

「林初宴，混蛋。」

「混蛋也是妳老公。」

他們終於還是親了。向暖知道外面的人看不到他們接吻，但她能聽見別人講話啊……行人的歡聲笑語爭先恐後地鑽進她耳裡，她一動也不敢動，仰著臉，任他為所欲為。心臟快衝出喉嚨，感覺快死掉了。

林初宴一開始動作很激烈，後來便放輕了。他伸著舌尖一下下地舔著她的唇瓣，用鼻尖輕輕蹭她的鼻尖，像是安撫。他低聲笑：「嚇成這樣？」

向暖認為自己的心理素質才是正常人的心理素質，林初宴那是畜生的。

林初晏把傘舉回正常角度，向暖看到他肩背上有一些雨滴和花瓣，雨滴把衣服浸成深色，像一小團一小團暈開的水墨。淡粉色的花瓣散落其間，莫名有點詩情畫意。她抬手幫他把花瓣拂下去。

兩人從草叢回到路上，向暖低著頭不敢看周圍人的目光。

林初宴喚她：「暖暖。」

一聲「暖暖」，把她弄得心都要化了。她咬了咬嘴唇，覺得自己也太沒出息了。

「暖暖。」他又喚她。她不知道的是，他說這兩個字時，會覺得舌尖上彷彿裹了砂糖。甜得不像話。

「你幹什麼？」向暖小聲回了一句。

「沒幹什麼，就是想叫妳。暖暖。」

「神經病喔。」

兩人翻越了鳶池公園裡海拔不到一百公尺的小山丘，下來時，在湖邊遇到了沈則木。

雨已經停了，沈則木站在一棵櫻花樹旁，眼睛望著湖面，雨傘放在腳邊。

他的身形挺拔如松，冷峻的氣質被身旁淡粉色的花樹中和，添了幾分柔軟。向暖看著，莫名就想到「落花人獨立」這句詩。

有個女生和她想到同一句話，鼓起勇氣上前勾搭，也和沈則木說了「落花人獨立」。

沈則木臉色一黑。怎麼今天全世界都要嘲笑他單身？

女孩被他的臉色嚇跑了。

向暖走過去，「學長，在看什麼呢？」她順著沈則木的目光看向湖面，看到了兩隻鴛鴦。

「真漂亮，小鴛鴦。」向暖說。

沈則木收回目光，莫名其妙地看她：「這是鴨子。」

有點小尷尬。

林初宴一攬她的肩膀，絞盡腦汁幫她找了個臺階：「我們兩個是一對小鴛鴦。」

沈則木感到一陣肉麻，肉麻到什麼程度呢？他恨不得立刻跳進湖裡遊到對面，只為了不要看到這對小、鴛、鴦。

陳應虎和楊茵遠遠走過來，兩人一邊走一邊交談。走到面前時，沈則木看到陳應虎的臉色已經變得很正常。

他莫名地，心裡一鬆。

陳應虎硬著頭皮說：「表哥，對不起啊，我知道你是為我好。」

沈則木有些意外，挑了一下眉，沒看陳應虎，卻看了一眼旁邊的楊茵。

楊茵和向暖跑去拍照了。

陳應虎對沈則木說：「我只借了初宴的錢，剩下的都是我自己的，初宴的錢我會慢慢還的。」

「我知道了。」

所以說到底，他還是不打算報警了。沈則木本來不理解，不過剛才想了很多，現在算理解了。楊茵說的沒錯，人都有軟弱的權利。陳應虎現在處於一個危險卻安全的心理地帶，不敢往前進也不敢往後退，他無法承擔進或退的後果，只好停在原地，被動地等待。

如果逃避能讓他好受，那就逃避吧。

所有堅硬的心臟都是在痛苦裡錘煉出來的。這一刻，沈則木竟然有點羨慕自己的傻表弟。

「比賽是什麼時候？」沈則木問陳應虎。

他說的是雷霆盃。

陳應虎答道：「正式的比賽是五一連假。」

「三天？」

「嗯，三天都有。第一天兩場，之後每天一場。」

「十六支隊伍？」

「對。」

因為報名的條件限制，十六個隊伍都是主播帶隊。雷霆盃向所有直播平臺的主播開放，不過其他平臺和豌豆TV畢竟是競爭關係，敵臺主播在慎重考慮之下，來報名的不太多，他臺的報名人數加起來和豌豆TV一個平臺的持平。

很少有隊伍清一色都是主播，通常都是一兩個，剩下的是主播找來的朋友。但不管怎麼說，每個隊伍的實力都不容小覷。

沈則木是個做事認真的人，要嘛不做，要嘛就做到最好。既然報名了，目標自然是冠軍，不存在「玩玩」的情況。

「最好是提前訓練一下。」沈則木說。

陳應虎點點頭，「茵姊也是這個意思。表哥，你現在課多嗎？」

沈則木是大三下學期，課不多，導師那邊偶爾會叫他。林初宴的課倒是不少，但他蹺課翹得一點心理壓力都沒有，所以他們的訓練時間基本上要以向暖的課表為主。

說完時間，又有另一個問題。

「我們沒有場地，」陳應虎說，「訓練最好是線下，面對面，不要被別人打擾，也不要打擾到別人……表哥，能不能借你們社團辦公室用一下嗎？」

「恐怕不行。」

社團辦公室又不是他家開的，偶爾借一兩次沒什麼，借多了，公器私用，說不過去，而且也容易被社團活動影響到。

「我應該可以提供場地。」林初宴說。

「哦？『應該』是什麼意思？你有多少把握？」陳應虎問。

林初宴笑了笑，視線飄向遠處，看著正在拍照的向暖答：「那要看她的面子有多大。」

※　※　※

向暖的面子比林初宴想像的還要大。

越盈盈聽說她未來媳婦練習需要場地，二話不說就答應了。林初宴帶著小夥伴照地址找過去，找到了距離鳶池校區不遠的一個別墅區。

陳應虎嚇得下巴快掉了：「你怎麼沒說是別墅啊？」

林初宴哭笑不得：「我也是剛知道，原來我家在這裡還有房子。」

越盈盈的助理把別墅鑰匙交給林初宴，然後指了指車庫：「林總說他也有贊助。」林總指的是林雪原。

陳應虎跑到車庫一看，那裡停著一輛賓士。

他的表情有些恍惚：「為了十萬元人民幣的獎金，動用了別墅和大B，好刺激的人生！」

林初宴托著下巴沉思。這個房子距離鳶池校區很近，走路不到二十分鐘，那是不是意味著他要和她約會也會方便很多？

他傳了封訊息給媽媽：房子不錯，謝謝媽媽。

越盈盈：不謝，用完記得還。

林初宴：我能多借一段時間嗎？

越盈盈：不行。

林初宴：為什麼？

越盈盈：你想對向暖做什麼？

林初宴：＝＝

越盈盈：你們都還小，等等再說。

越盈盈：喔，對了，媽媽還沒恭喜你呢。

林初宴：恭喜我什麼？

越盈盈：恭喜你成為一名網紅。

林初宴：我以為你們會覺得我丟臉。

越盈盈：你爸讓我轉告你，別多想，你除了一張臉就沒別的了，這叫物盡其用。

林初宴：……

越盈盈：加油，我們會經常看你直播的。

林初宴收起手機，望著天空嘆了口氣。

向暖問：「你怎麼了？」

「從今以後，」他牽了牽她的手，「妳就是我最親的人。」

「林初宴，該吃藥了。」

※　※　※

幾人在訓練之前，先分配了一下位置。

林初宴法師，沈則木射手，陳應虎打野，這三人沒什麼問題。

剩下的是上單和輔助，向暖猶豫地問楊茵：「茵姊姊，妳上單玩得如何？」

「還行。」

「喔喔，那妳上單吧，我輔助。」在她的認知裡，輔助始終是地位最低的。

「我玩輔助。」

「茵姊姊不要和我客氣。」

「不是客氣，」楊茵說，「暖暖的性格很適合上單，而且，」她頓了頓，又說，「我一直認為，輔助的水準決定了一個團隊的上限。」

「哦？」向暖精神一振，「這個理論很新奇。」

「其實這個理論並不適合普通的遊戲對局。輔助的作用主要是為團隊提供增益和策略，路人局裡的玩家沒什麼默契可言，輔助所能發揮的作用就打了很大的折扣，這也是輔助被忽視的原因。但如果放在職業賽場上，為團隊提供增益狀態只是輔助最基本的職責，除此之外還要兼任指揮。一個優秀的輔助必定能夠總攬全域，對戰場的變化隨時做出回饋和應對，合理地調配資源、指揮隊友，把隊友的潛力發揮到最大。所以，輔助是整個團隊的大腦。」

向暖莫名覺得這個說法很燃，她問道：「那妳的意思是，輔助才是最重要的？」

「不，每一個位置都重要，只不過各自體現重要性的方式不同。」

向暖問：「茵姊姊，那妳覺得我能玩好輔助嗎？」

「妳不適合打輔助，妳適合衝鋒陷陣。」

衝鋒陷陣也不錯，向暖確實更喜歡與人貼身廝殺。

陳應虎問道：「那我呢？我怎麼樣？」

「你也不行。」

「哪裡不行？」

「智商不行。」

「……」陳應虎有一點小憂傷。

剩下的只有沈則木和林初宴了，楊茵不等他們問，繼續說道：「沈則木也不行，你太惜字如金，隊友很難準確接收到你的意圖。」

說到這裡就沒說下去了。

向暖有點急，追問道：「那林初宴呢？林初宴怎麼樣？」

「林初宴，」楊茵說著笑了，「如果他願意，他可以成為整個遊戲最頂尖的輔助——這裡說的整個遊戲，包含職業聯盟。」

「哇！」向暖誇張地雙手捧臉，偏頭看向林初宴，目光很崇拜。

被女朋友崇拜的林初宴矜持地抿了一下嘴角。

不過林初宴就算現在開始練輔助也來不及在雷霆盃上施展，所以他還是打中單。

嗯，晚上直播的時候可以偶爾試試輔助。

林初宴的直播太紅了，作為新人，一下子紅了，難免被人嫉妒，彈幕上時不時有人胡說八道。還有人在他的直播間誇別的主播，罵林初宴，林初宴也分不清楚這是行銷還是挑撥，他懶得管。

被罵多了，也有福利。有一次林初宴看到一個網友ＩＤ「初神的爸爸」送了人民幣禮物，並且留言：『我兒子也挺不容易的。』

林初宴有點感動，終於對自己和爸爸之間的血緣有了一點信心，與此同時他也更期待自己被罵了。

林初宴的直播間有一條規定，那就是罵他可以，罵他女朋友不行，如果有人敢罵向暖，會被永久禁言。他這無腦護女友的行為竟然沒有拉到太多仇恨，反而因此吸了一票粉。

向暖好感動，覺得自己必須為他做點什麼。她看到林初宴的週人氣排名第六，還差一名就進前五了，進了前五，他就能被重點推廣，被更多人知道。

於是她花了一點錢，把他推上前五。

這次送禮物用的是她的大號「是暖暖啊」，向暖也沒怎麼當一回事，男女朋友之間送禮物不是很正常嗎？

可惜別人不這麼想，她送完禮物的第二天，就被人在豌豆ＴＶ的論壇八卦了。

八卦她的那些人可能是看她不順眼，所以以最大的惡意猜測她和林初宴的關係。他們認為，林初宴既然跑來做直播，就說明家境一般，他長得這麼好看，應該是被包養了。喔，不用糾結「好看」與「被包養」之間是否有邏輯聯繫，反正那個女的為他砸那麼多錢，一看就是包養他了！

而且喔，他對女朋友言聽計從，講話還肉麻兮兮的，十分符合被包養的小白臉行為。既然暖神敢包養小白臉，說明這個女的長得不怎麼樣——結論：暖神是個醜八怪！

向暖看得一臉呆愣。

她受不了別人顛倒黑白，捲起袖子就要和那些人理論，林初宴制止了她。

他說：「這些是毫無邏輯的臆想，妳想用正常人的邏輯去和他們理論，妳確定他們聽得進去？他們既然能夠造一個謠，就能造下一個謠，既然這次可以不講道理，下次繼續不講道理。跟他們爭論不會有結果，只是搞壞心情，不如做點其他快樂的事。」

「那怎麼辦啊？」向暖有些苦惱，「難道要我自曝照片？」

林初宴搖頭，「沒用，我觀察過一些網路暴力，當妳回應的那一刻，妳就上鉤了。那些人真正想要的並不是回應或者事實，他們要的是自身的宣洩。站在一個道德的高點上指責別人，能為他們帶來靈魂的充實感。哪怕是當事人，也阻止不了他們對這種需求的汲取。妳的回應只會為他們帶來更多宣洩的機會，所以，他們會更興奮。」

「可是，要就這樣看別人說你被包養嗎？」

林初宴一挑眉，問：「妳不怕別人說妳醜？」

「說就說唄，我又不是真醜。」

「一樣，我又不是真的被包養，不怕說。」

向暖還是有點惆悵。感覺生活遠看很美好，近看呢？也還算美好，但有些角落長了白毛。

林初宴比較看得開，他覺得自己既然在這裡賺錢，付出一點代價也是正常。不過連累到向暖，他多少有點歉疚。

「暖暖，如果以後妳不喜歡我直播，我就不直播了。」

「你在說什麼呢？我沒那麼矯情。林初宴，我希望你以後成為超級人氣王，讓那些說壞話的傢伙氣得跳腳又無可奈何。」

林初宴一笑，「好。」

晚上林初宴直播的時候依舊和向暖雙排，向暖看到彈幕有人問她是不是真的是醜八怪，她說：「不管我長怎麼樣，你們的男神還不是被我迷得神魂顛倒！」說完這句話，覺得莫名有點消氣？

林初宴笑道：「是，我為妳神魂顛倒。」

他壓低聲音講出這樣的話，向暖聽著就覺得身體酥麻，她現在也神魂顛倒了。

彈幕又炸了。

——我靠，求問這樣的小哥哥可以在哪裡包養？我願意付出我這輩子所有的工資！

——暖神妳別看那些人瞎扯啊，不管妳長怎麼樣，我都等妳娶我！我不介意初神當大房，我願意做小妾。

——舉手！我願意做通房丫鬟，就是你們在嘿嘿嘿的時候我在一旁看的那種，我願意！

——前面的，你說的是A片導演。

——等等，現在車往哪邊開了？

——我也神魂顛倒了，我一個單身狗有什麼資格神魂顛倒　/(T o T)/~~

——這個主播素質真好，雖然我是因為臉才關注你的……

——我每天咧著嘴看你們花式秀恩愛，我可能中邪了。

——虎哥怎麼不說話？

——男神，比賽是什麼時候？

林初宴看了眼彈幕，答道：「比賽是五月一號下午兩點。」

※　※　※

因為有不少知名主播參賽，所以雷霆盃的直播人氣很高。時光戰隊第一場比賽對戰的是同臺某個大主播帶的隊伍，這位大主播人氣很旺，好多彈幕都是他的粉絲，來加油助威。

第一局比賽進行到十分鐘，向暖基本上摸出了對方的實力。對方五個人的操作都不錯，但配合不如時光戰隊好，這也是臨時組的隊伍常有的問題。而且，敵人的打法很明顯，就是以那位大主播為核心，所以只要針對大主播，打掉對方的戰術布置就贏了一半。

另外一半靠默契配合，打著打著，他們就贏了。

大主播的粉絲們沒想到自家男神這麼容易就被KO了，有的在洗版罵主播，有的在討論剛才的遊戲細節，也有人在感嘆敵人好強大。

對一個團隊來說，真正的強大未必是風頭無兩，而是滴水不漏。敵方的默契確實比自家主播的隊伍好得多。然後呢，說著說著，話題突然轉了：

——沒人覺得他們的ID很眼熟嗎？初神？暖神？澤木？

——初神是新晉主播，靠一張臉橫行豌豆TV，當然眼熟啦。

——暖神是初神女朋友，也是我老公。

——是很久以前好像見過。

——碰瓷新套路？

——我想起來了，我知道了！是校際聯賽！因為當時看到頒獎直播很驚豔，所以特地留意了一下他們的ID，還想著以後說不定會在遊戲裡碰到。

——校際聯賽什麼東西？頒獎直播驚豔是什麼鬼？

——就是今年過年舉辦，也在豌豆TV直播，水準不怎樣所以沒什麼人看。

——我靠，我去看了影片，你們快去看！拉到最後直接看頒獎！

——我去看了，現在兩腿發軟地回來了。

——看完那個頒獎影片，我感覺自己戀愛了。

——我也看了，我的天！我雞皮疙瘩都起來了，這一群是什麼人？

——一個人好看我能接受，一個隊伍這麼多人好看……這是什麼隊？

——哈哈哈哈我記得不久前才有人八卦說暖神醜，哈哈哈打臉了沒？

——還說我初神被包養，人家兩人都是清清白白的南山大學的。

——有些人可能連南大的門朝哪邊開都不知道吧？

——不行，我要截圖發論壇，把那幫神經病的臉抽腫！哈哈哈哈！

——求問初神的直播帳號。

——搜索「初晏」就行，他的豌豆ＩＤ。

——暖神開直播嗎？想看暖神開直播。

——暖神不開，暖神是個土豪，經常在男朋友的直播間砸禮物。

——初神和暖神是一對。嘖嘖，神仙眷侶說的就是他們。

向暖他們為了防止分心，沒有看直播。第一場比賽結束時休息了一下，接著就是第二場。

到第二場，她發覺和第一場的情況差不多。

從這一刻她開始懷疑，是不是時光戰隊接下來的所有對手都是這樣，幾個高手鬆鬆散散地組個隊伍，看起來一個個都很囂張，其實默契爛透了，不懂的人看他們犀利的操作會覺得好厲害，懂的人一看就知道怎麼抓住破綻。

她無比慶幸他們有楊茵，否則也和這些隊伍沒什麼區別。

第一天的比賽結束時，林初宴接到一個來自豌豆ＴＶ某個經理打來的電話。

『我們需要你們的幫忙。』經理開門見山地說。

第六十一章

林初宴差點以為是因為他們打了大主播的臉，導致平臺方不高興，特地打電話敲打他們。等到經理把話講完，他發覺事情比他想像的還要複雜一些。

豌豆TV是雷霆盃的主場，主辦人本著開放的心態，接受所有平臺主播的報名。反正就是互相切磋共同進步嘛，主播就是來娛樂大眾的，輸贏看得很開，在這樣的氛圍下，前兩屆賽事都辦得很順利。

這次是第三屆，遇到踢館的了。

「王經理，為什麼說對方是踢館的？」林初宴有點疑惑，「既然接受其他平臺報名，為什麼不能接受他們拿冠軍？」

『我們能接受其他主播拿冠軍，但我們不能接受競爭平臺組一個職業戰隊來屌打，這是打臉。』王經理看來是真的著急了，都爆粗口了。

「哦？何以見得對方是職業戰隊？」

『因為只有職業戰隊才能屌打一線主播隊。』

林初宴對這個結論沒有表態，而是問道：「經理打算怎麼做？讓他們曝光？」

王經理有些為難地嘆了口氣，『很少有觀眾能真正理解職業隊與主播之間的實力差距，如果我們沒有證據，曝光了也不會有太多人信，對方還可能藉機反炒。』

「經理的意思是，他們的目的是炒作？」

『對！三流平臺拉了個職業戰隊代打，來雷霆盃刷存在感。某直播平臺無名玩家屌打豌豆TV知名主播，這話題很厲害吧？現在已經有觀眾注意到他們了，觀眾可不在乎那些細節，他們只要看得爽。這個比賽一直都是私人主辦，娛樂性質，真的沒想到那些小平臺敢這麼不講道理。』

一個職業選手與一個普通的遊戲高手也許沒太大的區別，但五個職業選手與五個遊戲高手比，那可能就是天與地的差距了。去年豌豆TV辦過一次表演賽，五個一線主播對戰某職業戰隊的青訓隊，結果被吊起來打。

青訓隊參賽的某個小隊員被告知儘量放點水，不要讓主播輸得太難看，小隊員懵懂地點頭，在隨後的比賽裡，買了六雙鞋。裝備欄總共才六格，他全買了鞋，把自己偽裝成一條蜈蚣，這演員當得一點也不用心，觀眾都快瘋了。所以，主播們自己搞的比賽，職業戰隊不要組團來攪局算是一條默認的規矩。可惜，有些人偏偏就這麼不講規矩。

林初宴慎重起見，拿到那個代打職業隊今天的兩場比賽影片，和隊友一起看了一下。

「這就是職業隊嗎？」向暖看得嘖嘖稱奇。影片裡那幾個來自「海豚TV」的「主播」，配合有如精密儀器，打得對手毫無還手之力，連白痴都能感受到差距。

楊茵用指尖輕輕點著桌面，秀眉微鎖，說道：「是職業沒錯，但據我看來，應該也不算頂級，可能是哪個職業戰隊的二線隊伍。」

向暖誇張地倒吸了口氣：「這只是二線啊？」

「如果是一整支主力，對上這群烏合之眾，八分鐘之內上高地一點問題都沒有。」

向暖聽得直吐舌頭。

林初宴看她那個模樣，特別想摸摸她的狗頭，不過有這麼多人在場，只能忍住了。

沈則木問：「海豚ＴＶ簽約的戰隊是？」

很多直播平臺都有合作戰隊，戰隊成員會抽時間在簽約平臺直播，經營人氣，這是一個雙贏的關係，有些職業隊員的人氣甚至堪比一線主播。

林初宴聽到此問，回答：「只簽了一家，是無敵戰隊。」

陳應虎握著拳頭，重重一砸自己大腿，「是他們啊！」

楊茵點了一下頭，「既然無敵戰隊和海豚ＴＶ是合作關係，海豚ＴＶ出面尋求幫助，他們應該也很難拒絕，所以，這幾個人應該是無敵戰隊的二線，這就說得通了……對了，豌豆ＴＶ的經理打給你就為了說這些？還有沒有別的？」

「有，他們希望以彼之道還施彼身。」

「說人話。」

「……也請職業隊代打。讓我把帳號交出去，贏了之後發獎金給我們。」

豌豆TV是一線平臺，和三家職業戰隊簽了約，想拉起一支代打隊伍簡直不要太輕鬆。

楊茵聽到這裡，沉吟半晌，問林初宴：「你怎麼回答的？」

「我說考慮一下。」

「你們呢？」楊茵說完看看其他人，「有什麼想法？」

向暖第一個舉手：「我不同意。我覺得這是弄虛作假。別人作假我們就一定要跟進嗎？」

「我覺得可以答應，」陳應虎緊跟著說，「不用辛苦費力，還有獎金拿，去哪裡找這麼好的事啊？就算我們自己打，也不一定能贏呢，輸了不好看。」

「我贊同向暖。」林初宴說。

陳應虎問：「為什麼？」

「因為她是我女朋友。」

「拜託你，能不能有點自己的立場？」

「我女朋友就是我的立場，不行嗎？」

陳應虎鄙視他：「談戀愛的人智商就是負數。」

楊茵說：「我也贊同向暖。」

「為什麼，茵姊？」

「因為她可愛。」

「……」陳應虎差點翻出一對白眼。

沈則木說：「我也贊同向暖。」

陳應虎調轉腦袋看自己的表哥，面無表情地問：「為什麼，表哥？也是因為她可愛？」

這句話一問出口，他就發覺自己冒失了，氣氛好尷尬，林初宴還在瞪他。陳應虎假裝沒看到，撇開視線。結果呢，他親愛的表哥來了一句：「我只是為了反對你。」

陳應虎：＝＝

有多大的仇？

不管怎麼說，通過群眾投票，事情就這麼愉快地決定了，眾人決定打死也不交出帳號。

林初宴跟王經理打了通電話溝通，王經理萬萬沒想到他們會拒絕。他花費一番苦口婆心、威逼利誘，結果都被林初宴化解了。最後他還莫名其妙地答應林初宴：如果時光戰隊贏了，平臺方會額外頒給他們五萬元獎金。

這五萬元獎金是平臺方為了此次事件緊急撥出來的經費，本來是計畫要發給代打職業隊的慰勞費，王經理有支配權。談判完畢，王經理看著手機快哭了。他真的沒遇到過這種人，哪來的妖孽啊！怎麼辦，要被老闆罵了……

※　※　※

五月二日的比賽很順利，時光戰隊一連兩局晉級。

接連三場晉級賽，被時光戰隊幹掉的都是名氣不錯的主播，時光戰隊因此吸引了很多關注。

與此同時，由於海豚TV那五個神祕人士表現過於亮眼，觀眾對他們的討論熱度也越來越高。有人提出他們是職業戰隊的，但這無憑無據，很難說服他人。而且，職業戰隊不訓練，跑來這裡虐菜有什麼意思？因此，相信這個說法的人還真的不多。

當晚林初宴請假停了直播，時光戰隊聚在別墅裡加訓。令他意想不到的是，本次參賽的幾個同平臺主播，紛紛傳訊息給他鼓勵加油，其中不乏之前被他們打敗的知名主播。看來事情傳得很快。

晚上訓練得太晚，幾人乾脆住在別墅裡，反正房間夠多。

楊茵結束訓練後沒睡覺，關在房間裡，來來回回地看對手僅有的三場比賽資料。那幾個無敵戰隊的也沒動用什麼騷套路，用的都是主流英雄，國家隊陣容，對手看到這陣容也許會立刻想到該怎樣應對，然而人家基本功紮實，不怕你應對。這種才是最棘手的，不好找到突破口。

她一邊看一邊分析，一口氣看到快兩點。有些口渴了，她去廚房倒了杯水，不經意間往窗外一望，恰好看到花園的桌子旁坐著一個人。

短頭髮，白襯衫，他右手的手肘放在桌面上，手臂隨意地斜出一個角度，食指和中指間夾著一根菸。菸頭明滅之間，一絲青煙嫋嫋上升。

楊茵捧著杯子，輕輕挑了一下眉。看不出來，好學生也抽菸啊。

※　※　※

向暖又興奮又緊張。她要和職業戰隊的打架了！雖然是二線，那也是職業的！都是忘卻那個水準的，想想就好刺激！

楊茵說：「對方五個人的戰鬥素養都不錯，其中輔助和上單是最強的，我們今天比賽時一定要重點關注一個英雄，這個英雄絕對不能放給無敵戰隊。」

向暖問：「是花木蘭嗎？」

「不是，是關羽。無敵戰隊有個主力隊員是聯盟第一的關羽，他們的二線隊伍對關羽一定很熟悉，但在此前的六局比賽，他們的關羽並沒有上場，今天很有可能在決賽時拿出來，打得我們措手不及。就算不考慮這一點，關羽這個英雄本來就不好掌控，經常成為戰場中的意外因素，一個優秀的關羽搭配一個優秀的指揮，通常會為戰場帶來災難。」

向暖一邊聽一邊點頭，恨不得掏個小本本記下來。

「當然了，花木蘭能搶還是要搶。」楊茵又補了一句。

後來楊茵又交代了一些注意事項，幾人到賽前依舊在訓練。

下午四點，比賽正式開始。

正逢假期，直播人氣爆棚。上百萬線上觀眾裡，混進了一些知名主播以及職業圈的人，圈子就這麼小，很多人聽到了風聲都來看熱鬧。

有些心直口快的主播在自己的社交媒體上暗罵海豚TV，惹出各路人馬吵架就不提了。王經理已經準備好官方文稿，打算等海豚TV那幫無恥的代打贏了就讓官方帳號發出去，表面恭喜，其實暗罵，語氣微妙，引人遐想。

另外呢，比賽直播的節奏也要帶起來，不能白輸。

第一局比賽開局時，一進入遊戲，敵方中單突然在公頻上說：對面的小姊姊，打完比賽不管輸贏都留個聯繫方式吧？以後一起玩^_^

這就有點搞笑了，雖然是私人比賽，但好歹是比賽，你公然撩妹，這是情商有多低？把比賽當路人局嗎？彈幕上有人在罵這個主播沒素質，不尊重人，也有人力挺他，說本來就是友誼第一，比賽第二，人家又沒罵人。

林初宴冷著臉回道：你們職業戰隊都是這樣打比賽的？

這一句話放出去，彈幕真的炸了。這是非常猛的爆料，和此前的一些小道消息也吻合，現在由參賽者親自講出來，說服力又增加了兩成。當然也有人不這麼認為，覺得是初神知道自己打不過，想幫自己找臺階下。輸給職業戰隊，總比輸給主播要更有面子一點。

亂糟糟的爭吵中，比賽真的開始了。

這局他們打得並不好。林初宴因為自己女朋友被調戲了，心裡帶著一點火氣，心態稍微有一點不穩。這點微妙的變化連他自己都沒發覺，卻真切地在賽場中產生影響。

陳應虎的默契配合又和隊友有點脫節——這是他一直都有的問題，畢竟單排習慣了，意識也是在單排中培養起來的，打遊戲就有點特立獨行。

然後沈則木的情況也不好，被敵方越塔強殺了兩次。一個射手被搞成這樣，實在淒慘。

向暖本來打得挺好的，後來隊友都崩了，她也就跟著崩了……

第一局輸掉之後，幾人都往自己身上攬責任。

「只有一個人有問題，」楊茵的心態還是平穩的，表情鎮定，分析道，「林初宴。是你前面節奏亂了，把小老虎帶偏的，後來他就找不回節奏了。你們兩個出了問題，才導致沈則木那裡有連鎖反應。」

林初宴抿了抿嘴角，「嗯」了一聲，說道：「對不起。」

「不用道歉。我想說的是，你不要老把注意力放在暖暖身上，難道你覺得自己可以保護她？」

向暖一怔，偷偷看了他一眼。她心裡有點感動，輕輕地摸了摸他的手說：「其實，我可以保護好你啊。」

林初宴被她柔軟的小手摸得心裡一暖，「嗯。」

※　※　※

第二局林初宴拿到了諸葛亮。諸葛亮俗稱「線霸」，意思是他清兵線的能力很強，和其他法師對線時，比較強勢。

敵方中單是高漸離。諸葛亮前期對陣高漸離時，又有點浪。這似乎並不出無敵戰隊所料，在他們眼裡，時光戰隊的中單是突破口，手速還行，就是太浪了，亂打一通，跟團隊的配合脫節。第一局他的表現就是這樣。

高漸離前期面對諸葛亮不宜打得太凶，但是這個諸葛亮太浪了，被打掉一半的血還不跑，高漸離有點手癢，追著補了兩下傷害。就在這時，時光戰隊的打野和輔助突然從草叢裡跳出來，圍殺了高漸離。

無敵戰隊只當這是個意外。

然後沒打幾分鐘，無敵戰隊又中了一次計。林初宴的諸葛亮倉惶逃跑，驚慌之下連閃現都用出來了，這樣還會是假的嗎？此時，敵方楊戩的單身狗已經咬中諸葛亮，於是毫不猶豫就衝上來，然後楊戩就被亂棍打死了。

旁觀者清，彈幕有些觀眾看出來了。

——這不就是勾引嗎？老子在路人局也用過。海豚TV的是不是笨蛋，這樣都能上當？

——舉報楊戩送人頭。

——說什麼職業戰隊，別鬧了，職業戰隊就這個水準？

——說實話諸葛亮演技真好，要是我我也信。

——一首《演員》，送給諸葛亮。

——說不信的，你們忘了諸葛亮上一局幹了什麼？他有時候是真浪，有時候是假浪啊……誰知道什麼時候該信，什麼時候不信？

——太賤了，我要是在遊戲裡遇到這種人，我能撓死他。不過想想初神的臉，算了不撓了，捨不得。

——海豚TV的太膨脹了。

對手好歹是職業的，林初宴不指望他們上當第三次，所以沒再這樣作妖。穩穩打到第十分鐘，在小龍那裡逼對手來一波團戰。對方的打野剩殘血，正在撤退，林初宴的諸葛亮大招已鎖定他時，對方的莊周騎著一條魚預判走位，打算幫隊友扛下這個傷害。

高潮來了，本來打算朝某個方向跑動的諸葛亮突然反向使出位移技能，又補了個閃現，立刻與莊周拉開很大的角度，來到完全無遮擋的站位，使出大招，成功收割敵方的打野。諸葛亮是收割型法師，大招一旦殺人，後面只會越戰越凶。

林初宴變換輸出位置的過程幾乎只發生在眨眼間，很多人根本沒看清楚，有些人甚至罵莊周腦殘，是青銅選手吧，反向躲大招？

當然，還是有少數人看出來了，在彈幕裡討論。

——我靠，還有假動作？66666

——一首《演員》，送給諸葛亮。

——莊周沒位移，就算反應過來也沒辦法。怪只怪這個諸葛亮演技太好。

——我也演過，演得沒他好。

——戲劇學院高材生。

——別人玩的是遊戲，你玩的是心機。哈哈哈哈……

比賽的第十分鐘，是黑暗暴君刷新的時間。時光戰隊贏了這波團戰，順利拿下黑暗暴君，至此，節奏基本上都在他們的掌握之中。

其實無敵戰隊在這局的表現有失水準。作為職業戰隊來打業餘賽，本來就帶著輕蔑的心理，一直以來贏得太順利，導致他們心態膨脹了。二線隊伍真正上場比賽的機會很少，沒什麼比賽可打，他們並沒有太多調整心態的經驗，就這樣被恢復狀態的時光戰隊打了個措手不及，完全找不回節奏了。以他們這樣的心態，就算林初宴不亂鬧，無敵戰隊也不一定能贏這局。而林初宴作妖的結果就是拉滿了仇恨，導致敵人對他充滿提防。

第二局比賽，時光戰隊勝。

無敵戰隊那幾個不愧是職業選手，似乎意識到了自己的問題，以設備出問題為由，將休息時間延長了十分鐘。他們需要時間調整。

第三局，在禁選英雄環節中，無敵戰隊拿走了剛才在賽場上妖風陣陣的諸葛亮，林初宴於是選了不知火舞。在當前版本裡，法師類英雄的第一順位只有兩個：諸葛亮和不知火舞，所以不管是職業賽還是遊戲的高端賽，這兩個法師都是出場率最高的。林初宴用得最順手的英雄其實是貂蟬，可惜貂蟬太吃資源了，CP值不高。

因為敵方急著搶諸葛亮，時光戰隊有幸幫向暖搶到了花木蘭。再之後，他們拿了楊茵的孫臏、沈則木的馬可波羅，陳應虎的打野用的是宮本武藏。

宮本武藏不算是主流打野，但很適合他們目前的陣容。因為其他英雄的坦克度不夠，在團戰時就不太容易有穩定的輸出環境。宮本武藏可以補一點坦克度，大招的強制鎖定能夠保證隊友後續的輸出效果。

無敵戰隊選的是諸葛亮、李元芳、曹操、楊戩、張飛，其中李元芳是打野。這個陣容很強勢，諸葛亮就不提了，李元芳打野和推塔的效率都很高，一雙大耳朵可以探測到敵軍位置，所以蹲草叢對李元芳來說沒用。有曹操和楊戩兩個第一順位的戰士加持，整個隊伍的容錯率很高。張飛、曹操、楊戩三隻前排加起來，坦克度很夠，這恰好是時光戰隊的劣勢。所以從陣容搭配上看，無敵戰隊占了一點小優勢。當然，陣容只是一方面，更多的還是要看選手發揮。

從一開局，無敵戰隊就打得很凶。

顯然他們的狀態已經調整過來了，李元芳不斷入侵野區，建立優勢，帶動兩條邊路，發育很順利。時光戰隊無能為力，到四分半時，無敵戰隊已經領先了一千金幣的經濟。而這一千元基本上都攤在曹操和楊戩頭上。兩個戰士一旦發育起來，那是相當恐怖的。

隨著時間的推進，這個經濟差距還在拉大。

「不要著急。」楊茵說，「運營、避戰，還不到打的時候。」

敵方的節奏緊湊，幾乎挑不出破綻，向暖感覺到一絲壓迫感。與她對線的是曹操，作為一個亂世梟雄，這個曹操一點也不亂，只知道埋頭吃錢，對她根本連看都不看一眼。

這才是職業選手的素質，只為勝利而戰鬥，不做無謂的犧牲。

雙方默默發育，只是偶爾試探，幾乎沒有交鋒，情況就這樣持續膠著。

觀眾似乎有些無聊了。

——初神怎麼不浪了？不浪的初神好不習慣。

——浪什麼浪，浪不起來了！

——初神已經盡力了，面對推塔小能手李元芳，我初神人在塔在，中路塔一座都沒掉，我就問你厲不厲害！

——屁啦，就憑不知火舞的清線能力？中路塔沒掉還不是因為有我暖神照應！

——李元芳打得雖然很凶，其實沒發揮出全部優勢。

——射手被壓制得有點慘，可惜長那麼帥，想睡。

——還好吧，馬可波羅的經濟沒落後太多，宮本讓了不少資源。

變故發生在第八分鐘。向暖得到楊茵的指令：「暖暖下來。」

向暖本來在往上路走，在路上遇到敵方曹操，聽到楊茵的話，她留了個心眼，先進草叢，躲避曹操的視角，繞了一下才出去直奔下路。曹操因此並沒有看到她的去向，繼續留在上路。

向暖飛奔向下路時，楊茵他們已經開打了。敵人被打得且戰且退，向暖守在敵方撤退的路線上，看到殘血的諸葛亮跑過，上去就是一頓揍，收了諸葛亮的人頭。然後看到李元芳，再一頓揍。

因為她馳援及時，所以短時間內是五打四的局面，花木蘭收了兩個人頭，美滋滋，另一邊林初宴和楊茵一起弄死了楊戩，而張飛也已經在混戰中陣亡。

曹操接到消息趕來，終歸是晚了一步，象徵性地打了幾下就撤回去了。

這一波團戰，時光戰隊打出一換四的成績，之前被瘋狂入侵拉開的經濟差幾乎快要扳回來了。

但無敵戰隊也不是吃素的，之後穩紮穩打，第十分鐘時假裝開打，等時光戰隊正面迎戰時卻突然撤退，把企圖繞後的花木蘭堵起來揍一頓，打死花木蘭之後立刻去拿下黑暗暴君。

雙方拉鋸到第十五分鐘，無敵戰隊又拿下主宰，還收了孫臏的人頭。

節奏漸漸地又被無敵戰隊掌控了，向暖的額頭上冒了汗。

真的，太難打了，對手可真強。

林初宴那邊也不好受。他上一局拉了太多仇恨，導致這局敵方對他重點關注，嚴防死守。

第十八分鐘，無敵戰隊探測到花木蘭在下路，於是中路果斷強行開打，五打四，時光戰隊撤退不及。無敵戰隊先滅了孫臏，然後是馬可波羅、宮本武藏、不知火舞……

二換四！

向暖看著四個隊友先後灰下去的頭像，胸口重重跳著。

此時她的花木蘭已經趕到戰場了，但敵方有三個人，她隻身一人。是戰？是逃？

「暖暖，回來吧。」楊茵說。

「我想試試，」向暖猶豫地說，「他們狀態不太好，技能也不全。」隊友雖然犧牲了，也為她打下了一定的局面，至少滅了兩人，還能耗掉其他人不少血量。

楊茵聽到向暖這樣說，也不反對，「嗯，那妳加油。」

一打三，花木蘭衝了出去！

向暖花木蘭用的是兔女郎的外觀，武器是大蘿蔔和小蘿蔔。現在只見萌萌的兔女郎扛著大蘿蔔見人就打，給人一種又凶又萌的感覺，非常詭異。敵方剩下的是楊戩、諸葛亮、李元芳，現在纏鬥在一起，各自的血條飛流直下三千尺。李元芳倒下了，諸葛亮倒下了……最後的最後，楊戩和花木蘭一起倒下了。

同歸於盡！這已經很不錯了，畢竟是一換三。很多人都在心裡幫這個花木蘭點讚。

然而，花木蘭的頭像並沒有變灰，兩秒鐘後，兔女郎揹著大蘿蔔、捏著小蘿蔔，站起來了。

她復活了！

觀眾立刻反應過來了——她買了復活甲。

問題是，什麼時候買的？現在雙方的經濟水準還沒到買復活甲的時候，而且如果她買了，對面的會沒有防備嗎？

復活後的花木蘭正好趕上自家兵線上來，於是她帶著兵線一路推掉對方高地，此時，無敵戰隊的都倒在地上。花木蘭帶著兵線，舉著胡蘿蔔開始捅水晶。

水晶的血量迅速下降，而敵方英雄也進入復活倒數計時。五、四、三、二、一——張飛復活了，曹操復活了……剛復活就瘋狂地撲過來。

可是，好像來不及了。花木蘭兩耳不聞窗外事，一心埋頭搞水晶，終於把水晶弄炸了。

直播的彈幕也炸了。

——我靠，跪了！

——我知道復活甲是什麼時候換的了，死前的那一刻！我看到別人這樣用過，神級操作，天啦嚇死寶寶了！

——666666

——原來花木蘭可以這麼玩，長見識了。

——只有我覺得暖神配這個兔女郎很萌嗎？

——暖神我老公，我老公，我老公……

——奇跡暖暖。(⊙v⊙)

——哈哈哈前面的別走，奇跡暖暖！說得好！

——奇跡暖暖！

——奇跡暖暖！

——奇跡暖暖！

第六十二章

終於贏了。

向暖放下手機，活動了一下肩膀。戰鬥使她腎上腺素飆升，身體裡像在爆著火花，直到現在心跳還很快。

周圍有點安靜。

向暖眨了眨眼，視線轉了轉，發覺隊友們都在看她。

她摸了摸下巴，「嘿、嘿嘿……」

林初宴：-_-#

這個傻子。

幾人將手機放下，楊茵問道：「晚飯吃什麼？」

「要不然這樣，」向暖想到一個主意，「我們點幾道菜在這裡吃，然後自己買點喝的，這樣能多吃幾家，還能省錢呢。」

幾個人都沒異議。

「我點菜，你們想吃什麼？告訴我。」林初宴重新把手機拿起來。
「那我去買飲料吧，」楊茵說，「順便買點零食。暖暖想吃什麼？」
向暖說了幾樣自己喜歡的，楊茵一一記下，她起身時，沈則木也起身說：「一起吧。」
「我也去、我也去。」陳應虎並不想留在這裡被那對情侶虐。
他們三個離開後，向暖和林初宴坐在沙發上選外賣。一開始兩人擠在一起，頭挨著頭，一起看著林初宴的手機，後來林初宴覺得這樣不方便。
於是他把向暖抱進懷裡，他靠著沙發，讓向暖靠在他胸前。
「選吧。」林初宴把手機塞到她手裡。然後他雙臂一攬，把她摟得嚴嚴實實。
向暖背貼著他的心跳，耳畔是他的呼吸，周圍全是他的氣息，覺得自己像是落入他網裡的獵物。
要掙扎嗎？
不，她心甘情願被他擄獲啊。
心猿意馬，神遊天外，向暖都不知道自己選了什麼，亂點了幾樣。耳邊出現他的笑聲：「兒童套餐？」
「咳。」她退回去，把兒童套餐取消。
她膽小得像個剛出殼的小鴨子，林初宴覺得很好玩，抬手攏了攏她的瀏海：「剛才的能耐呢？」

「林初宴，你先放開我吧。」

「妳先親我一下。」

向暖扭過頭，仰著臉伸長脖子，在他下巴上親了一下。

親完之後她想要收回動作，林初宴卻突然捧住她的臉，低頭吻下來。

她承認這種接吻姿勢很浪漫，他呼吸的起伏她都能感受到，可是……脖子好痠啊……

幸好也沒痠太久。

吻著吻著，林初宴放開對她的鉗制，把她放倒在沙發上，整個人壓上來。向暖本能地有點怕，伸手去推他。

林初宴抓著她的手腕，拉到頭頂。他的手太大了，一隻手將她兩個手腕鎖住，牢牢地按在沙發上。她動彈不得，像不小心跳到沙灘上的魚，掙扎無用，任人宰割。

林初宴壓著她的身體吻她，吻得緩慢而溫柔。少女的身體像柳條一樣柔軟，氣息像花瓣一樣芬芳。他的手下意識地在她的腰摩挲著，貪婪而沉醉地親吻她的唇瓣。他的心臟跳得越來越快，氣息也越來越淩亂。

——不，不能這樣。

他心裡有個聲音告訴自己，要停下來，身體已經快失控了……

可是他停不下來。那對他是最致命的誘惑，他怎麼停下來？

突然，外面傳來一陣響動，喀喀……鑰匙開門的聲音。

不停也得停了。
林初宴放開向暖，坐起身，然後把她拉起來，理了理她的頭髮和衣服。
向暖被他親得面帶桃花，眼含水光，別提有多可口了。
林初宴瞇眼看著她潤澤嫣紅的唇，吞了一下口水，說道：「妳先藏起來，妳這樣子……」
向暖跑進了洗手間，用涼水拍了拍臉，確定沒什麼異常才出去。
來的人是越盈盈，一看到向暖立即向她招手：「向暖，快過來！」
「阿姨，您怎麼過來啦？」向暖挺高興的，坐過去挨著她。
「我來看看妳——」越盈盈說完，看到兒子在瞄自己，於是補了一個字，「們。」
「這是什麼啊？」向暖指著越盈盈帶來的一個盒子，挺雅淡的。
「手工點心，南山市最有名的老師傅做的，妳嘗嘗看喜不喜歡。」
「謝謝阿姨！」向暖也不和越盈盈客氣，拆開盒子吃點心。
林初宴總覺得媽媽來得很詭異，他問：「媽，妳是不是有事？」
「是有一點事，向暖的生日不是快到了嗎？今年的生日我們一起幫她過吧……好不好，向暖？」
「好啊，阿姨這點心好吃！」
「妳喜歡吃，那以後阿姨再帶給妳。」
林初宴說：「向暖的生日還有一個月，哪有快到了。」

「四捨五入就是快到了。」
好吧，妳是當媽媽的，妳說了算。
越盈盈又說，「向暖，妳過生日時，向教授他們會過來嗎？」
「不知道。」
「應該會吧？小可憐，第一個在外面過的生日。」
「嗯嗯。」向暖當然也希望爸媽來幫她過生日。
「既然這樣，那不如我們一起幫妳過吧？也算是正式認識一下，妳覺得呢？」
向暖知道越阿姨是什麼意思，這不就相當於談婚論嫁之前見家長嗎？
她有點羞澀，紅著臉不知道該怎麼回答。
越盈盈覺得自己好像太心急了。人家是嬌生慣養的女孩，現在才大一，她就急著想見親家母，萬一向教授夫婦不願意呢？畢竟，是自家的懶豬拱了別人的小白菜啊……
「當然，我就是隨口一提，」越盈盈連忙補救，「妳爸爸媽媽那邊要是沒時間，我們就以後有機會再一起吃飯。」
「其實我爸媽見過林初宴，」向暖小聲答道，「我媽媽挺喜歡他的。」
越盈盈張了張嘴，驚訝地看了兒子一眼，那眼神充滿了鼓勵和肯定。這麼積極正能量的神情，林初宴在競賽獲獎時沒見過，高考成績單下來時也沒見過，現在見到了。
之後越盈盈又和他們聊了一會兒別的，最後問向暖過生日想要什麼禮物。向暖哪裡好意思提要求。越盈盈離開時，林初宴和向暖把她送到外面，林初宴問：「媽，妳記得我的生日嗎？」

「我知道你是什麼意思，」越盈盈輕輕拍了拍他的肩膀，語氣溫柔，「你要相信媽媽，初宴。如果你不是親生的，我們早就把你扔了。」

「……謝謝媽媽，母愛可真偉大。」

「不用客氣，這是你爸爸說的。」

林初宴有點不以為然。媽媽太聽爸爸的話了。

不過呢，一想到假如以後他的老婆也這麼聽他的話……林初宴又覺得這樣也不錯。

越盈盈走後，林初宴關好門，問向暖：「妳想要什麼禮物？」

向暖托著下巴看他：「嗯……你想送什麼啊？」

林初宴一笑：「我把自己送給妳。」

「那樣你一分錢都不用花了？想得可真美。林初宴，你少給我耍賴，你本來就是我的。」

「我的心是妳的，我的身體還不是。」

「……」

※　※　※

陳應虎好喜歡這種感覺，開著賓士去超市買啤酒，喔喔喔。為了延長這種快樂，他和楊茵一拍即合，選了相對比較遠的超市。

去的時候陳應虎開車，回來時楊茵開。

楊茵一邊開車一邊問：「明天要去幹什麼？」

「去實驗室。」沈則木答。

「你呢，小老虎？」

「我想去老鳳街。」

沈則木有點不能理解，「老鳳街到底有什麼好玩的？」那個地方人擠人，他看到密密麻麻的人就頭疼，去一次就夠了。

他不理解陳應虎，陳應虎也不理解他。陳應虎：「老鳳街再不好，也比實驗室好玩吧？」

沈則木啞口無言。

楊茵笑道：「我也去老鳳街看看，那邊有家豆花店很好，我帶你去吃。」

「好啊好啊……茵姊，妳的工作找得怎麼樣了？還沒找到合適的戰隊？」

「沒有。鄧文博那個大蠢蛋，現在到處散播我的謠言。我看有必要再打他一頓。」

「妳之前為什麼打他？」

「他對我動手動腳。」

「這種人該打，下次打他記得叫我。」

「好啊。」

沈則木靠在車窗前，看著外面飛快掠過的人與物，聽著他們毫無營養地聊天，他心裡竟然很平靜，並不覺得無聊。

回到別墅，停好車，三人拎著東西往回走，在別墅門口遇到了林初宴。

林初宴正蹲在牆下，也不知道在幹什麼。這時候太陽已經下山了，天光漸收，暮色四合，他的身影有點模糊，蹲在那裡很像丐幫的高級會員，讓人看了有報警的衝動。

「你在幹什麼？」楊茵走過去問。

「我看看外面有蟲子嗎？沒有的話，我們等等在花園吃飯。」林初宴站起身，身板挺得筆直，一臉正氣。

他，絕不會讓人看出自己是被向暖趕出來面壁思過的。

他畢竟是個老戲骨，所以楊茵還真的沒看出什麼異常。楊茵和陳應虎走在前面，按響了門鈴，林初宴尾隨著他們，跟進去了。

做人呢，最重要的是臉皮厚。

※　※　※

楊茵他們回來後，向暖剛才點的外賣也陸續送到了。幾人一起把外賣盒裡的東西裝好盤，乍看之下彷彿是自己做的，向暖陷入這種虛假成就感帶來的快樂中。

今天天晴，沒風，花園裡也沒有蟲子，於是他們還真的把陣地轉移到外面了。

「忘卻過來了，」林初宴說完晃了一下手機，「現在到門口了。」

「真的？你怎麼不早說啊？」

林初宴沒有回答，靜靜地看著她，目光有點小幽怨。

也對，剛才她把他推到外面，兩人隔著門，他沒機會說。

向暖撓了一下後腦勺，說：「忘卻怎麼有時間過來？」

「請了一會兒假。」

忘卻來的時候，手裡提著一個尼龍材質的紗網，裡面的東西黑漆漆圓滾滾，向暖還以為他提著一顆西瓜，等他走近了，她才發現那是個罈子。

「這是什麼啊？」她好奇地問道。

忘卻把罈子輕輕放在桌上，笑了笑說：「妳看看。」

向暖湊過去圍著罈子轉，陳應虎也很好奇地站在她對面，跟著她一起轉。

林初宴扶了一下額頭，「你們這是兩人轉嗎？」

向暖抬頭笑著看向忘卻，「是酒嗎？」

「嗯。」

「我能打開看看嗎？」

忘卻點了一下頭，「就是拿來喝的。」

向暖揭開罈子的封口往裡面看，看到裡面的液體還在微微搖晃，罈底映著半個月亮。隨著那酒液的搖盪，一陣濃郁的酒香飄散開來。向暖未飲先醉，閉著眼睛深深地吸了口氣：「好香啊！」

林初宴哭笑不得，用指背敲了敲她的腦袋：「小酒鬼。」

楊茵聞著那酒香，問忘卻：「這酒怎麼這麼香，是多少年的啊？」

「二十年。」

「哇……」

這下連林初宴都驚訝了，問道：「妳怎麼還有這種寶貝？」

「我出生的時候家裡釀的。」他說完這句話就停住，樣子似乎是有點害羞。

楊茵明白了，問道：「不會是打算等你結婚的時候喝吧？」

忘卻沒說話，臉上飄起一絲可疑的紅暈，算是默認了這個猜測。

向暖頓時覺得那酒燙手了，「這麼重要的酒，現在喝了……不好吧？」

「好酒配好人，挺好的。」

向暖被他說得心花怒放。

幾人落座，邊吃邊聊。有知交，有好酒。良辰美景，賞心樂事。

向暖小小地抿一口酒，瞇著眼睛慢慢品味，林初宴看她那個樣子，估計今晚又會喝不少。

他也就控制地喝，不敢喝太多。不能兩個人都醉倒，旁邊還坐著情敵呢……

情敵彷彿和他有心靈感應，視線掃過來，兩人對視一眼，相看兩相厭，雙雙別過臉。

林初宴從衣服裡掏出一把口琴，那是剛才他在樓上書房翻到的。書房裡還有一把小提琴，可惜他不會拉。

現在，他握著口琴剛要吹，手機突然響了。

來電顯示是豌豆TV的王經理。林初宴猜王經理要說的還是下午比賽的事，於是開了擴音。

『喂，小林啊？』王經理的語氣好熱絡，連稱呼都改了。

「經理，獎金什麼時候發？」

『獎金啊？冠軍獎金按照賽事流程發，這個不歸我管。公司給你們的額外獎勵，等我明天上班去財務那裡報帳，你不要心急。』

「好，謝謝經理。經理再見。」

『等、等等……』王經理甚是無語，連忙叫住他，『還有一件事想問問你。』

「哦？」

『就是啊……那個暖神，她有沒有興趣來我們平臺直播呢？待遇好說，條件儘管提。』

林初宴看向向暖。他當然不希望她直播，不過他也不會直接替她回答。

向暖眼中閃過一絲糾結，接著搖了搖頭。

直播確實挺好玩的，但網路上那些觀眾的素質參差不齊，有些人講話不堪入目，她何必受那份委屈呢。

「王經理，她說不想去。」林初宴對著手機說。

『啊？這麼快問好了？』王經理的語氣有一點遲疑。

「對，她就在我身邊，要不要我把她搖頭的影片傳給你？」

『那倒不用，哈哈哈……』王經理尷尬地笑了一聲，笑完覺得更尷尬了，連忙說道，『對了，還有一件事。那個澤木，有沒有興趣來我們平臺直播呢？待遇好說，條件儘管提。』

沈則木連糾結都沒糾結，直接搖頭。

「經理，他也不願意。他也在我身邊，我們正在聚餐。經理還有事嗎？」

『還有，還有一件事……那個楊茵茵，有沒有興趣——』

楊茵面無表情地搖頭。

「她也沒有。經理沒事了吧？」

『有有有，還有最後一個問題。』

「經理，虎哥本來就是豌豆ＴＶ的。」

『啊？不是，這我會不知道嗎？我不是說他……我是想說，就在你們贏了比賽之後，到現在為止有三個職業戰隊的經理打電話給我，託我問一下暖神有沒有興趣打職業。要是來呢，不敢說是主力，但肯定有機會上場。如果表現好，要升上主力應該也很快。』

林初宴再次看向向暖。

向暖聽王經理說到職業戰隊的邀請時，她的眼睛亮了一下，但很快又暗下去。

「暖暖，妳想打職業嗎？」林初宴問她。

向暖端起酒杯喝了一口，答道：「我可是要好好學習，天天向上的人。」

王經理還想遊說她，林初宴終於煩不勝煩了，直接說了再見。

陳應虎說：「王經理怎麼不問問我呢？我今天的宮本武藏發揮得多好啊，經濟讓給隊友，團戰我衝前排，吃的是草，擠出來的是奶。」

「因為你話多。」沈則木嗆了他一句。

陳應虎發現表哥越來越喜歡嗆他了。同為單身狗，難道不應該相互扶持嗎？幹嘛總罵他啊……

忘卻本來在笑著聽他們講話，看到陳應虎一臉委屈，他連忙說道：「我們今天也看了比賽。」

「你們？」

「對，我們戰隊的隊員一起看的。對方是無敵戰隊的二線，我們在訓練賽上接觸過。他們實力挺不錯的，所以說，你們今天下午打得真的很好。」

能得到職業級的肯定，向暖很開心，舉著酒杯說：「來，為了我們時光戰隊威武霸氣的實力，乾杯！」

乾掉杯中的酒，她擦了擦嘴角問：「忘卻，你在戰隊過得怎麼樣？有沒有人欺負你？」

「我挺好的，」忘卻笑得有些靦腆，說：「對了，教練說下個賽季會幫我安排一些上場的機會。」

「真的？那太好了！恭喜恭喜！來，喝酒。」

忘卻握著酒杯，突然斂了斂神色，鄭重地看著在座幾人，說道：「我想，謝謝你們。」

「咦？這麼客氣幹嘛啊？」

他緩緩地站起來，說道：「真的，我以前過得不太好。我親生父親拋妻棄子，我親戚對我媽冷嘲熱諷，我國中還沒畢業就在打工，嘗過很多人情冷暖。我在現實生活中遇到的大部分是壞人，卻沒想到能在網路上交到你們這樣的朋友。我以前總是覺得自己很倒楣，現在我覺得我很幸運。謝謝你們，是你們改變了我的人生。」

說完這些，他一仰頭，乾掉杯裡的酒。

楊茵坐在他旁邊，她看到他喝酒的時候，眼角有淚珠滑落，淚珠折射著細碎的燈光，像一粒鑽石。

忘卻坐下後，楊茵拍了拍他的肩膀。然後楊茵低頭看著杯裡的酒，說：「我以前滿彆扭的，我離家出走，跟家人好幾年沒聯繫了。我在原先那個戰隊過得不好，老闆經常強迫我做不喜歡的事，有時候我和前男友吵架吵得很凶。我都不知道自己那段日子是怎麼過的，總之亂七八糟的。跟你們在一起，我很開心。我也說不出為什麼，反正就是特別開心，特別放鬆。我也想感謝命運，讓我遇到一群這樣的朋友。」

陳應虎聽完，淚眼汪汪地看著他們，「還有我，」他說：「我以前沒什麼朋友，上學成績太差，老師老是罵我，我爸媽也罵我，我輟學打遊戲，同學的家長都不准他們跟我玩。我有時候覺得挺難過的，感覺自己像個怪物。謝謝你們，你們沒有嫌棄我，還願意和我做朋友……」

林初宴輕輕敲了敲桌子，說：「你們這是幹什麼？吐槽大會嗎？虎哥你還哭了？」

「忘卻也哭了，你怎麼不說他？」

「他太黑，看不出來。」

「……」

向暖斜著身體，腦袋靠著林初宴的肩，說：「我也要感謝命運，讓我認識你們。讓我們為了友誼——乾杯！」說完也不管別人，自己先一下子喝完了。

林初宴幫她夾了幾樣菜，「吃點東西，別光顧著喝酒，傻子。」

向暖放下酒杯說：「忘卻、茵姊姊、虎哥，你們以後征戰職業圈，要記得，要把我那份也贏回來，拜託了。」

「好。」

「一定。」

「等著吧！」

沈則木沉默地喝酒，沉默地看他們推杯換盞。他放下酒杯，拿起桌上的口琴，低頭吹了起來。

琴聲悠揚清越，調子低迴婉轉，像深情的訴說，也像寂寞的嘆息。

向暖不記得自己喝了多少，後來也不知道自己哪根筋不對，還和林初宴喝了交杯酒。

然後她吵著要上屋頂看月亮，林初宴攔不住，挽著她的手說：「我帶妳去。」

他把她帶到露臺上，站在露臺往下看，能看到花園裡的人。

露臺上開著燈，楊茵仰著臉看到他們並肩站著，林初宴擔心向暖站不穩，一手摟著她的肩膀。

楊茵收回目光，看到沈則木也在看他們，目光竟然很平靜。

楊茵有點好奇，問沈則木：「不難受？」

沈則木低頭想了一下，答：「吸引我的是她的單純，阻止我們在一起的也是她的單純。沒什麼好遺憾的，不合適就是不合適。」

楊茵幫他倒了杯酒：「你這麼冷靜不適合談戀愛。喝酒吧，喝酒吧。」

陳應虎和忘卻已經喝醉了，正抱在一起唱歌。

楊茵跟沈則木碰了一下酒杯，「一杯敬明天，一杯敬過往。」

沈則木看著杯子裡的半個月亮，難得地笑了一下：「嗯。」

向暖站在露臺上，沒在看天上的月亮，看的還是地上的人。也不知是不是燈光的原因，她覺得草地上的人和物都顯得很柔和。

林初宴一開始還只是摟著她的肩膀，後來慢慢地，改為從她身後擁著她。

向暖任由他攬著，她看著花園裡的小夥伴，虎哥和忘卻正在唱歌，沈則木和楊茵還在喝。

「林初宴。」

「嗯？」

「我覺得挺困惑的。我媽老是說我玩遊戲沒意義，我有時候也這麼覺得。但是呢，我在遊戲裡遇到這麼多朋友，除了沈學長，和其他人都是因為這個遊戲認識的，這麼多好朋友，能說是沒意義的嗎？」

林初宴沒說話，收緊手臂，將她摟得更嚴實。露臺上有風，他怕她著涼。

向暖追問道：「你說，玩遊戲到底是有意義還是沒意義的？」

「經歷本身就是一種意義。」林初宴答道。

向暖悠悠地嘆了口氣說：「怎麼覺得你說什麼都有道理？」

「因為我是妳老公。」

「呵，我看你是又想面壁思過了。」

林初宴低著頭，下巴在她頸側蹭了蹭，輕聲地笑，「妳饒了我吧。」

這是赤裸裸的勾引。向暖被他弄得一陣心癢，腿都有點軟了。

她真是佩服他的能屈能伸。

兩人就這樣依偎著，誰也沒說話，周圍一片安靜。過了一會兒，向暖突然說：「我覺得，我在這個遊戲裡做的最有意義的事情，就是遇到了你。」

林初宴低著頭，用唇端蹭了蹭她的耳廓，在她耳邊低聲說：「算妳有良心。」

「喂，這種時候不應該回答『我也是』嗎？」

林初宴卻沒從善如流地這樣說。

向暖感覺自己吃虧了，她屈起手肘碰了碰身後的他：「你快說，快說。」

「我愛妳。」

第六十三章

三年後，六月二十八日。

「……加權平均成績本科系第四名。先後獲得了校優秀團員、校三好學生、國家級獎學金。除此之外，我也積極參與各類實踐活動，獲得過全國英語演講比賽一等獎。與團隊一起獲得全國大學生創業比賽特等獎，在越林集團實習期間，獲得整個集團『年度優秀實習生』的榮譽……這就是我的大學生活。這四年來，我從迷茫到堅定，從青澀到成熟，收穫了知識與成長，懂得了責任與擔當。在這個離別的季節裡，我想對老師們說一聲謝謝，感謝你們的悉心培養，耐心教導；我也想對父母說一聲謝謝，感謝你們撫養我、教育我，包容我的任性……」

向暖握著早已經寫好的講稿，不疾不徐地讀著。南山大學鳶池校區的體育館裡坐著三千多名師生，正聆聽著這位畢業生代表的致詞。

距離主席臺很遠的座位上，有男生正舉著望遠鏡看，一邊看一邊和身邊的小夥伴討論：「這就是向暖嗎？好漂亮！為什麼我們主校區沒有這樣的女神？我不服！」

「有也不是你的。」

「林初宴那個老賊太狡猾了！女神才大一他就下手，無恥！」

「他要是不早點下手，說不定會被誰搶走呢。」

「現在撬他牆角來得及嗎？」

「你不知道嗎？南大流傳著一個說法——誰要是敢打向暖的主意，林初宴就會報復他。」

「哦？怎麼報復？」

「不清楚。不過，根據一些人的證詞來看，他的手段極其殘忍，有時候甚至很變態。傳說，有個男生被他拉進小樹林裡這樣那樣……」

「什麼意思？不會是我想的那樣吧？」

「你可以盡情發揮想像力。而且，這樣那樣之後，他還逼著那個男生叫『媽媽』。」

「我靠！！！」

向暖流暢地讀完講稿，走下臺時，掌聲還在響動。她隱隱聽到有人喊「女神」。她也不知道是從什麼時候開始，南山大學的學生們喜歡喊她女神，貌似是和林初宴在一起之後？也是從那個時候，她的知名度越來越高了……

唔，林初宴是個自帶聚光燈的男人，她沾上他，會被人注意到也不奇怪。

向暖回到座位上，畢業典禮的流程還在繼續。

「暖暖，剛才帥呆了！」閔離離朝她豎起兩支大拇指。

向暖不好意思告訴閔離離，這份講稿還是林初宴幫她潤的。林初宴這個人雖然高調，有時候還莫名其妙地騷，不過作為男朋友還是挺好用的……

閔離離即將出國留學。鄭東凱去年畢業時放棄保送研究所，今年申請了和她一樣的學校，也獲得了名額。

「鄭東凱是在等妳嗎？」向暖問道。

「他說不是。」閔離離翹了一下嘴角。

「我覺得他沒說實話，悶騷，一定是跟林初宴學的，近墨者黑。」

「我看不像。我們家鄭東凱是悶騷，你們家林初宴是真騷。」

畢業典禮的最後一個環節，是學位授予儀式。長官親手幫向暖拉起了流蘇，鄭重地將學位證書交到她手裡。長官是個慈祥的小老太太，她笑望著向暖說：「前程似錦。」

「謝謝，謝謝劉老師。」

「唉，又送走了一批。」

向暖有些傷感，上前抱了抱這位小老太太。

畢業典禮結束之後，向暖他們班說要去校園裡拍照。一路上，向暖收到了很多糖果。

這是南大的一個傳統活動。糖果是學生會訂製的，每個畢業生一顆，糖紙上印的字由畢業生自己提供。有人印名字，有人印名人名言或者詩句，也有人印一些暗號，作為曖昧而隱祕的告白。學生們畢業當天可以把自己的糖果送給任何一個人。

送糖果會發生很多故事。有人因此一笑泯恩仇，有人終成眷侶，也有人告白失敗，從此各奔東西。林初宴去年的糖果是留給向暖，他糖紙上印的字相當肉麻，不提也罷。

不管怎麼說，向暖今年的糖果肯定是要留給他的。

不過，她也沒料到自己會收到這麼多糖果，看來她人緣不錯嘛。

後來向暖擔心糖太多拿不了，回寢室拿了個塑膠罐子，把糖都裝進罐子裡。她走在路上，有人給她糖，她就把罐子伸過去說：「謝謝！」

像在化緣。

拍照活動持續到下午四點多，大家才解散。

向暖換下衣服去了校門口，林初宴快過來了。

林初宴開的車還是以前那輛賓士，不同的是，現在這輛車已經屬於他了——兩年前，他從爸爸那裡買下了這輛車，父子倆去辦了正式的過戶手續。買這輛車時，林初宴竟然跟親爹砍價，而且是照原價的十分之一砍，喪心病狂、臭不要臉的樣子……林雪原都沒眼看。

林初宴漸漸有點名氣之後，就和向暖他們一起開了一家店，賣家居用品。

說起來，這也是無心插柳。一開始向暖只是想參加創業比賽，創業比賽大家都懂，就是比賽，基本上不會真的去創業。幾人設計好專案，獲了獎，結果真的有人來找他們了，想要投資，而且不是騙子。看來現在的投資人很饑渴，竟然開始對大學生下手了。

向暖心想，這個項目與其給別人拿去賺錢，不如我們自己賺，一說出這個想法，大家一拍即合，於是自己投資了。後來林初宴慢慢混成豌豆TV的一哥，知名度越來越高，他們的家居用品店生意也越來越好。

真是的，一點心理準備都沒有，就變成有錢人了……

「傻子，發什麼呆？上車。」林初宴正一手握著方向盤，一手放在車窗邊沿，笑望著站在車旁的向暖。

向暖回過神來，看著他。他還是那樣，小白臉、中分頭，和以前相比幾乎沒有變化。她有點佩服。這傢伙都二十三了，這樣看還像個十八九歲的，一笑，特別純良無害，特別像正經人士。

向暖繞過車頭到另一邊，上車坐在副駕駛座上。

天氣太熱，她穿著棉質短袖T恤和牛仔短褲，林初宴看了一眼她嫩白的腿，心裡有點癢。想摸摸，又不敢。

向暖晃了晃手裡的糖罐子，「林初宴，你看，我今天收到這麼多糖。」

林初宴一瞇眼睛，問：「誰送的？」

「有些是我們班的，有些我也不認識……對了，我們現在要去哪裡？」

「到了妳就知道了。」

「呿，還跟我賣關子。」

「暖暖。」

「嗯？」

「我準備了聘禮。」

向暖眼睛看著車窗外，小聲說：「我可沒說要嫁給你喔。」

林初宴空出一隻手，伸過來摸了摸她的腦袋：「我看妳又欠收拾了，鐵頭。」

向暖：＝＝

是的，沒錯，林初宴他變了。一開始喜歡的時候叫她暖暖，膩得不像話，後來相處久了，他開始幫她取莫名其妙的暱稱。

現在他喜歡叫她「鐵頭」。原因是她在遊戲裡經常玩上單戰士，打架時衝前面，所以就獲得了這樣的愛稱。當然了，向暖以牙還牙，也沒吃虧，現在她對他的暱稱是「軒轅狗剩」。

兩人經常這樣一言不合就互相傷害。他們自己不覺得怎麼樣，常看林初宴直播的觀眾們倒是快瘋了。男神女神變成了狗剩和鐵頭，正常人都受不了這個刺激。

「軒轅狗剩，你還沒跟我求婚呢。」向暖說。

「嗯，我明天開著鑲鑽的拖拉機跟妳求婚。」

向暖腦補了一下那個畫面，竟然覺得還滿不錯的……

她不想和林初宴說話了，覺得自己被帶得不像正常人了……

向暖打開手機，刷了刷微博，看到王者榮耀職業聯賽官方剛更新的一段採訪影片。

接受採訪的是號稱「極火戰隊第一大腿」的忘卻。忘卻自從加入極火戰隊就沒換過地方，一連三年。一開始是橫空出世的新人，後來成為老屁股。可惜極火戰隊是中下游隊伍，一直打不出成績，今年春季賽更是差一點降級。幸好忘卻在保級賽中力挽狂瀾，極火戰隊鏖戰七場，最後艱難地鎖定下個賽季的入場券。

有粉絲戲稱這是「一神帶四躺」。

向暖覺得這樣講其實也不對。忘卻固然神，他的隊友也不是躺的，否則不可能贏得比賽。極火戰隊真正的問題是出在管理方面。他們戰隊那個矮經理據說是戰隊老闆的小舅子，反正把戰隊搞得亂七八糟的，人心渙散。

所以向暖挺為忘卻惋惜的。要是換一個戰隊，搞不好忘卻已經拿過冠軍戒指了。為忘卻惋惜的大有人在，反倒是採訪影片中的忘卻一臉淡定。

主持人問忘卻是怎麼走上職業道路的，忘卻答：「我以前是搬磚的，後來工地裡引進了搬磚機器人，我沒了工作，經過朋友介紹來打職業。」

「比賽前喜歡做什麼減壓？」

「敷面膜。」

「哦？難怪你皮膚這麼好。聽說你還代言了美白面膜？」

「是的。」

「你的粉絲都喊你老公，你怎麼看？」

「唔，要不就……別喊了。」

向暖笑呵呵地看完影片，又點開評論，發現有很多人在說：聽說極火戰隊要易主了，是不是真的？

「什麼鬼，極火戰隊這種破戰隊，傻子才會買。」向暖不屑地點評了一句，接著又補充，「忘卻好可惜。」

林初宴說，「別看手機了。」

「那我看什麼？」

「看我。」

「林初宴，你這麼自戀，很容易被打的。」向暖雖然這樣說著，還是放下手機。

她突然悠悠地嘆了口氣，「唉。」

林初宴問：「嘆什麼氣？」

「我就是覺得，你和虎哥是知名主播，粉絲無數；茵姊姊現在是傳奇教練，人送外號『點金聖手』；沈學長當兼職的電競資料分析師，低調又神祕，據說有很多大手想認識他……你們都混得風生水起。我呢？我只得到一個『優秀畢業生』的證書，喔，還有一罐糖果。」向暖說著說著有點挫敗，低頭看了看腿上放著的糖罐子。

她搖了搖頭，「也許，我的一生，註定是平凡的一生。」說完，擰開罐子拿出一顆糖，剝開來吃。

含著糖，她念起糖紙上的字：「所向披靡。」

向暖捏著糖紙在前方晃了晃，搖頭道：「感謝這位同學的祝福，可惜，我要辜負你的厚望了。」

所向披靡。

林初宴當然還記得這小子。他側臉看了她一眼，這傻子含著糖，臉蛋上因此鼓起一塊，一臉的沒心沒肺。

他緩緩地把車停在路邊。

向暖問道：「到了？」

林初宴幫她解開安全帶，她正要下車，突然被他摟著肩膀往他自己身前一帶，向暖猝不及防地被偷襲，還來不及抗議，他已經吻住了她。

發發發、發什麼情啊……她有點莫名其妙。

但是林初宴這幾年來，吻技鍛煉得十分了得，向暖很快就被他吻得身體酥軟，她無力地搭著他的肩膀，閉著眼睛回應他。車裡開著空調，但周身的空氣彷彿越來越熱。

林初宴趁她被親得迷糊的時候，終於如願以償摸到了她的腿，光滑細嫩的皮膚猶如凝脂一般，碰到就捨不得放開，他既心滿意足，又彷彿渴望更多。

但與此同時，他的腰帶好像又要鬧革命了……

林初宴依依不捨地放開她，喘著氣與她對視。

向暖這時才發現，他的臉鼓起一塊，好像含著什麼東西。

嗯嗯嗯，我的糖呢？？？

林初宴的舌頭動了一下，帶動嘴裡的糖換了個地方，一邊臉頰平了下去，另一邊鼓了起來。

向暖呆呆地看著他。她簡直不敢相信，林初宴從她嘴裡搶糖吃，還要不要臉……

林初宴抬手托著她的臉，拇指的指腹輕輕摩挲她的唇角，壓低聲音說：「以後，不許吃別人給的糖。」

向暖覺得自己三年的戀愛經驗都餵狗了，他依舊能輕而易舉就讓她臉紅心跳。她靠在座位上，別開臉不敢看他了，「那你買給我啊。」

「我買給妳，妳要什麼我都買給妳。」

林初宴的車開到郊區的一個別墅區，向暖看著外面掠過的房子，有些疑惑：「這地方我以前是不是來過？」

林初宴並沒有回答。他在一棟別墅前停好車，兩人下車後，向暖的熟悉感越來越強烈。她突然一拍腦袋：「我想起來了！」

「哦？」

「這裡是極火戰隊的老巢！三年前我們來過！」

「不是極火戰隊。」

「不信你過來。」向暖拉著他，走到她記憶中那個大看板面前，然後仰臉一望，她傻掉了，「怎麼會這樣？時光一〇一四電子競技俱樂部？這是什麼戰隊？咦，難道說極火戰隊真的易主了？時光一〇一四？這名字一點都不霸氣——」

「它現在是妳的了。」林初宴打斷她。

「啊？」向暖歪著頭，滿頭問號地看他。

林初宴從包包裡拿出一份營業執照，遞給她：「聘禮。」

「這、這……」向暖的手指在抖。她接過那張營業執照來看，埋著頭，顫著聲音說，「這是什麼意思啊？」

「就是妳理解的那樣。明天去辦過戶手續，自己的戰隊就不要吐槽名字了。知道了嗎？」

「不是，我我我……你幹嘛要送這個？」

「因為妳喜歡啊。」

向暖一怔，抬頭看他。她突然覺得心口酸脹得要命。

他們都長大了，越來越多東西變得沒那麼重要。像很多人一樣，她也為某些東西痴狂過，但結果也同樣和很多人一樣，那些念想最後被風吹散在時間的角落，化作一點一點的野花，細碎地點綴在青春的道路旁。它們無關痛癢，無傷大雅，無足輕重，甚至不值得被銘記，被懷念。

於是她把它們沉在心底，從此忘記。

可是他記得，他都記得，記在心底，從此不忘。

向暖突然哭了。

淚水瘋狂地向外湧，順著臉頰滑出兩道小溪流，滴滴答答地落下。她哭得放縱，眼裡蒙了厚厚一層水光，身體輕輕顫抖，連嘴唇也在抖動。

林初宴嚇了一跳。向暖其實不是個愛哭的人，更何況現在她哭得太誇張了。

「妳別哭啊……」他又慌張又心疼得要命，抬手幫她擦眼淚，但是哪擦得完，越擦越多。他只好把她抱進懷裡，輕輕拍她的後背。「別哭，不哭，乖……」

向暖的淚水都沾在他的衣服上。她任由他抱著，發洩似的哭了很久。

最後她終於不哭了，腫著眼睛在那裡打嗝。

林初宴哭笑不得，用紙巾把她的臉擦乾淨。他托著她的下巴看腫成核桃的眼，「需要這樣嗎？」

「需要。」

「上去看看？」

現在戰隊裡沒人上班，房子空著，只有個警衛在看門。兩人上去看了看，向暖在洗手間洗了把臉。

「我想去屋頂。」她說。

「好，我們去看夕陽。」

屋頂上有桌椅和遮陽傘，現在太陽快落下了，兩人並肩坐在一張長椅上，緊緊挨著。林初宴攬著向暖，向暖則歪著身體，頭枕著他的肩膀。

貼得那麼近，他呼吸時的起伏，她都感受得分明。

「一會兒忘卻會過來，」林初宴說，「還有虎哥、茵姊、沈學長。」

「嗯。」

「妳知道我是什麼意思嗎？」

「嗯。」

「不管妳想做什麼，我都陪著妳。」

「嗯。」

「怎麼不說話？」林初宴問道。

突然，他掌心裡多了一個東西，是她塞過來的。

林初宴低頭攤開手掌，看到一顆糖果。是她專門留給他的。

他笑了，將糖果紙剝開，餵進她嘴裡：「還給妳。」

向暖含著糖，紅著臉沒吭聲。然後林初宴攤開糖紙，看到上面的字後笑道：「這是在寫什麼？我不識字，妳幫我念一下。」

「林初宴，別得寸進尺。」

「念出來。」他說著，將糖紙伸到她眼前。

「不要。」

「這三個字，我三年前就對妳說過。妳現在說一下不吃虧。」

「你什麼時候對我說過？」

「妳喝醉的那天。」

「喝醉了不算。你重新講。」

「我愛妳。」

「……」向暖有點無語，「你怎麼一點都不矜持啊！」

「該妳了，不許耍賴。」

她閉著眼睛，小聲說：「我、我愛你，林初宴。」

林初宴吻了她。這次吻得急切而狂熱，她的嘴唇都有點疼了。

等親完了，向暖發現林初宴又把她的糖搶走了。

「對不起，這次不是故意的，」林初宴一臉歉意，「要不然我現在還給妳？」

「你走開……」

他低低地笑起來，笑著笑著，最後還是還了。

向暖問林初宴：「時光一〇一四的『時光』我理解，就是我們原先的戰隊嘛。可是一〇一四呢？有什麼特別的含義嗎？」

「十月十四日是什麼日子？」

「唔，國際標準組織成立紀念日？」

「……笨蛋。」

「那你說是什麼？」

「相遇的日子。」

四年前的十月十四日，兩個菜鳥相遇在王者峽谷裡。從此以後，所有時光都是甜的了。

—正文完—

番外一　但願人長久

十一黃金週，又到了各大景點人山人海，比肩接踵，寸步難行的時候了。

這個時間出門旅遊等同於自虐，可是有什麼辦法呢？全國人民的假期都差不多，沒辦法錯開時間。

老鳳街是南山市比較有特色的景點，凡是第一次來南山市旅遊的人，總難免按照旅遊軟體的介紹，抽半天時間來這條街繞繞。

柯可挽著妹妹柯莎的手站在老鳳街的街口往裡頭看，看到的是密密麻麻的人，一個貼一個。

「人也太多了，」柯莎吞了一下口水，「姊姊，要不然我們走吧？」

柯可看了她妹妹一眼，送去一個安撫的眼神。妹妹柯莎的營養不錯，今年十八歲，剛上大學，比姊姊還高出半個頭。兩姊妹長得有六七分像，都是尖下巴、杏核眼，頭髮都是深褐色，沒染過。

「這裡人已經夠少了，不信妳看，」柯可掏出手機給妹妹看照片，「西湖、故宮、八達嶺，看看，像不像一群螞蟻？莎莎妳現在是不是覺得特別幸福？」說完還揉了揉妹妹的腦袋。

柯莎面無表情地點頭：「……是喔。」

「走吧，進去看看，來都來了。」

老鳳街裡有不少糕點店，今天是中秋節，每個糕點店裡都擺著月餅。兩人停在一家店前挑月餅。柯可話有點多，問夥計這是什麼餡的，那又是什麼餡的，柯莎就站在旁邊聽著也不吭聲。

過了一會兒，柯莎發現姊姊正在發怔，目光放空，像是在回憶什麼。

「姊姊，怎麼了？」

「啊？沒什麼。」

「是不是想媽媽了？」柯莎小聲問道。

柯可拍拍妹妹的肩膀，說：「妳今年考上了南山大學，媽媽在天之靈肯定會為妳高興。莎莎真爭氣，姊姊也為妳高興。」

「嗯。」

兩人很有默契地沒有提爸爸。

買好了月餅，兩姊妹拉著手繼續走。柯莎心細，見到姊姊呆愣呆愣的，神色有些迷茫，於是又問：「姊姊，妳到底怎麼了？」

「我也不知道。我就是覺得心裡好像空了一塊，好像忘了什麼比較重要的東西。有時候會作奇怪的夢，夢裡老是有人在我耳邊喋喋不休。」

「姊姊，慢慢想，早晚能想起來。」

柯可皺著眉，搖了搖頭，「莎莎，妳再跟我講講以前的事。」

以前的事柯莎都講過一萬遍了，但她現在依舊耐心地講第一萬零一遍。

「那時候爸爸欠了賭債，高利貸公司的人威脅說要把我抓走賣掉，爸爸也不管。我記得當時我才國三，出門總有人跟蹤我，嚇得我每天提心吊膽。姊姊說妳能擺平他們，那天妳出門後我就很擔心，總是心慌，等妳到很晚，妳都沒回來。第二天我看到電視上的新聞，才知道妳出了車禍。」儘管講過很多遍，柯莎回憶到這段往事，依舊紅了眼眶。「妳醒來之後就什麼都不記得了，爸爸也跑了，妳帶著我搬了家，換了聯繫方式，那些高利貸公司的人總算沒再找上門。」

那是姊妹倆過得最艱難的一段日子。

柯可摸了摸妹妹的頭，說道：「好了，反正都過去了。平安就好。」

「嗯。姊姊，妳是不是想起了什麼？」

柯可仔細想了一下，最終揉著腦袋搖頭，「沒有。我也不知道怎麼回事，總覺得漏掉了很重要的事。」

「慢慢想，一定能記起來的。」

「嗯嗯！」

姊妹倆挽著手繼續走，走了一會兒看到一家紀念品店，店名叫「故人」。她們走進去，看這間小店不大，人倒是不少。店裡有筆記本、明信片、陶瓷杯子等，收銀臺旁的那面牆上嵌著一個很大的黑板，黑板上貼滿了明信片。明信片用淡黃色的膠帶固定著兩角，每一張明信片上都用黑色的碳素筆寫著字，字體和落款各異，看來是不同人寫的。

柯可好奇地看著滿黑板的明信片，問一旁的店員：「這是什麼？」

店員小哥又瘦又長，像根鉛筆立在那裡。聽到柯可問，他耐心地解釋道：「這是本店的一大特色。不知道妹子妳現在有沒有所思所想之人？妳可以寫張明信片給他並放在這裡，黑板上的明信片會定期更換。說不定妳所思所想之人某天來到本店時，恰好能看到妳寫的明信片。不覺得這很浪漫嗎？」

「是滿浪漫的，但這要是想讓那個人看到，有點困難啊，概率太低了。」

「妳可以常來嘛。」

柯可笑了，原來這是搞推銷的。

她沒有寫明信片，而是站在黑板前抱著手臂看那些明信片，看看別人想說又無從訴說的心裡話。

柯莎轉了一圈，走到她身邊問：「姊姊，在看什麼呢？」

柯可的視線突然落在右邊居中的某張明信片上。不知道為什麼，總覺得那個字跡有一種說不上來的熟悉感。

「姊姊？」柯莎又喚了她一聲，沒得到回應。

柯可有些茫然又有些驚訝，伸手將那張明信片取下，仔細看那上面寫的內容。那筆跡粗黑而潦草，每一個字都像是在草上狂奔的瘋牛：

To 可哥

不知道妳現在在哪裡，也不知道妳在幹什麼。我要開始打比賽了，有一點緊張。比賽在網路上有直播，如果妳看到了，請為我加油。

陳應虎 09.15

滴答、滴答——

淚水滴在明信片上，渲染了上面的筆跡。

柯莎看著突然淚流滿面的姊姊，一臉震驚，語氣遲疑：「姊姊，妳該不會是……」

柯可抬頭，茫然地看著妹妹。

「妳該不會是被這個字醜哭了吧？」

柯可哭著搖頭，「不是，我、我不知道為什麼，我好難受，」她摸著自己的心口，「我這裡特別難受，就像有什麼東西在扎一樣……」

柯莎感覺不對勁，這才認真去看那明信片上的內容。

這時，在一旁站著的店員湊過腦袋來問：「妹子，妳們認識虎哥啊？」

兩姊妹都抬頭看他。

店員指了指那張明信片：「這是虎哥的。虎哥以前常來，後來因為要訓練，不常來了。」

柯可緊緊地捏著明信片，在腦海裡搜索「虎哥」，模模糊糊的，並不知道虎哥是誰，可是一想到他的名字，她就感覺心裡又酸又脹，難過得要命。

「他是……誰啊？」柯可問道。

「虎哥是遊戲大神，現在去打職業了，他最近有比賽，妳們可以關注。」

「……」聽不懂。

柯莎的腦子比較清醒一點，問道：「你有那位虎哥的聯繫方式嗎？」

「我有他的微信，不過我不能給妳。虎哥的粉絲很多，不是隨便什麼人都能加他，妳們懂嗎？」

「……」不太懂。

柯莎說：「我們想認識一下那個虎哥可以嗎？」

店員一臉「我早就看穿妳們了」的表情：「妳們就是虎哥的粉絲吧？這有什麼好否認的，又不丟人。」

「我們……」柯莎想了想，還真找不到別的理由了，車禍失憶這種哏說出去也沒人信，還不如冒充粉絲。於是她用力點頭，「我們是他的粉絲，想認識一下，可以嗎？拜託了！」

「要不然這樣吧，」店員翻著手機，「我打個電話給虎哥，問問他願不願意認識妳們。妳們叫什麼？」

柯可連忙答道：「我、我姓柯，我叫柯可。」

「柯可哥，咳咳咳！妳爸怎麼幫妳取這樣的名字？這不是咒妳咳嗽嗎？」

「不是，我全名就兩個字，柯可。」

「喔喔，好，妳等著，我也不知道虎哥現在有空沒空，我試試啊。」

店員用微信打了通電話給陳應虎，等了半分鐘，那邊接通了。

店員把手機舉到耳邊，笑呵呵地道：「虎哥還記得我嗎？我是『故人』的小鄧……虎哥，比賽加油，有空來我們這邊玩，明信片幫你打五折……喔對了，虎哥，有件事。店裡有兩個你的女粉絲，長得很漂亮，想認識一下……什麼？沒興趣……喔，好吧，她們對你還挺狂熱的，有一個看到你的名字就哭，她叫柯可，虎哥再見……啊？對，沒錯，是叫柯可……虎哥？虎哥？？」

小哥握著手機，瞪著眼睛，神態震驚中透著一絲茫然。

「怎麼了？」柯莎問道。

「虎哥他，哭了。」

番外二　沈則木VS楊茵

（一）

沈則木醒來時，頭很疼，彷彿套上了緊箍咒。他側躺在床上，半邊臉陷在枕頭裡，迷茫地眨了一下眼睛。

昨晚他們喝到幾點，他已經不記得了。只知道忘卻帶來的那罈酒馬上就喝光，他們又喝了不少啤酒。他記得自己吹過口琴，後來好像唱了歌？唱了什麼？想不起來了……

再後面的記憶完全模糊成一片虛影，抓不住了。

沈則木不喜歡這種感覺。他想要揉揉太陽穴，要抬手時，才發覺自己懷裡摟著東西。

不，確切地說，那不是什麼東西，而是個人。

柔軟的，帶著溫度的，裸露的，一副軀體。

沈則木終於完完全全地醒了。

懷裡的人蜷著身體，腿向上折疊，一隻膝蓋不偏不倚地，剛好卡在他兩腿之間最尷尬的地方。

沈則木閉了閉眼睛，他懷疑自己的酒可能還沒醒。

他帶著一絲絲希望，重新睜開眼睛，看到從被子邊緣露出來的頭頂。

整個人幾乎完全埋在被子下，也不怕悶死。

他把被子往下掀開一些，看到那人向下歪著腦袋，一頭短髮蓬鬆淩亂，遮住了臉。

從頭髮的長度來看，不是林初宴就是楊茵。

沈則木突然有點擔心。如果是林初宴，他寧願自殺。

很快地，沈則木就確定這個人不是林初宴。因為懷裡的人動了動身體，沈則木感覺到胸前貼著兩團東西。

柔軟，飽滿，陌生的觸感，壓得他喘不過氣來。

就在他發呆時，楊茵睜開了眼睛。

三秒鐘後。

「啊唔——」

楊茵脫口而出的尖叫被沈則木堵在喉嚨裡。他捂著她的嘴，「對、對不起。」

楊茵並沒有掙扎，她只是用手去掰他的手，然後看著他，眼睛濕潤。

她這樣子像極了一隻束手無策的小動物，沈則木便有點心軟了，鬆開手說：「別大叫。」

楊茵被刺激得不輕，呆呆地反應了一會兒才問他：「怎麼回事啊？」

「不知道。」沈則木感覺腦袋更疼了。有那麼一瞬間他甚至寧願懷裡的人是林初宴，女人跟男人是有本質區別的。至少，他面對赤身裸體的林初宴不需要有愧疚心理。

楊茵：「你昨天晚上……」

「喝醉了。」

楊茵想了一下，「我也是。」

人啊，一旦喝醉是很容易變成禽獸的。

當務之急是先把衣服穿上。兩人穿好衣服後，楊茵坐在床上不知道在想什麼，瞪著眼睛，眼珠不停轉著，心理活動很豐富的樣子。沈則木偷看她一眼，她的神色不像是難過，更多的是震驚和不可思議。

他有點擔心，難道昨晚兩人發生了很激烈的事？

「怎麼會這樣呢？」楊茵自言自語道。

沈則木揉了揉太陽穴，「我們昨晚……」

「啊？」楊茵回過神，看了他一眼。她低頭說，「你不要擔心，我們昨晚沒有什麼。」

沈則木沒有蠢到去問為什麼。

※　※　※

向暖留了訊息給楊茵。她和林初宴一早去上課了，忘卻也已經回隊上了，林初宴預約了家政服務，房子裡的東西不用整理，放著就行。楊茵看到訊息時鬆了口氣，幸好大家都不在。

不，還剩一個……

於是，他們下樓的時候，與孤獨的陳應虎不期而遇了。

陳應虎正在客廳裡嗑瓜子，看到他們下來，陳應虎說：「表哥，我餓了。」

「喔。」沈則木轉身看楊茵，「一起吃早飯？」

「不了。我還有事，先走了，再見。」楊茵的腳步匆匆，走得很快。

沈則木又揉了揉太陽穴。

陳應虎還在沒心沒肺地嗑瓜子，以安撫自己饑渴的胃，他一邊嗑一邊對沈則木說：「表哥，為什麼你和茵姊一起下樓？你們是不是有什麼事？」

「沒有。」沈則木有點煩，表弟的智障人設怎麼說崩就崩。

陳應虎一臉憂傷：「表哥，你不要談戀愛好不好？」

「為什麼？」

「我一個單身狗，現在就指望從你這裡找到平衡了。」

沈則木沒說話，他在想剛才楊茵那副心事重重的樣子，會不會是有事瞞著他？

陳應虎還在自說自話：「表哥，同樣是單身狗，我覺得你是德國牧羊犬，炫酷又聰明，而且忠誠。你說我是什麼呢？我覺得我是博美或貴賓，超可愛的那種。」

原來，這傢伙對自己的評價是超可愛……沈則木起了一身雞皮疙瘩，終於忍無可忍，走掉了。

在那之後好幾天，楊茵和沈則木誰也沒有主動和誰說話，唯一的一次交流，是雷霆盃的比賽獎金發下來，陳應虎他們幾個高高興興地在群組裡發紅包，沈則木從善如流地也發了一個。他發了兩百塊的紅包給四個人，結果楊茵一個人搶到一百六十五塊。

楊茵：謝土豪^_^

沈則木：不謝。

（二）

林初宴三天兩頭往鳶池校區跑，沈則木很容易遇到他。

這天，林初宴跟向暖牽著手走在路上，沈則木突然擋在他們面前。

「我有事想問你。」沈則木說，目光看的是林初宴。

向暖默默地注視著他們兩個離去的背影，心想，有什麼事情不能當著我的面說？

沈則木並不想和林初宴多廢話，開門見山地問：「那天晚上，你喝醉了嗎？」

「哪天？」

「雷霆盃決賽。」

「沒有。」林初宴家有小酒鬼，他不敢喝太多。

「嗯。那麼，晚上我們是怎麼回房間的？」

「其他人是我運回去的，你和茵姊是互相扶著回去的，你忘了？當時你和茵姊是哥兒們啊。」林初宴一點一點回憶當晚的細節，「對了，學長，你竟然……」說到這裡頓住，微微一笑。

沈則木眉頭一跳，「我怎麼了？」

「你唱歌走音。」

沈則木閉了閉眼睛，「再見。」

「等一下，學長。」林初宴卻叫住他。

他轉身，看著林初宴。

「學長問的問題有點奇怪，」林初宴摸了摸下巴，腦筋一轉，立刻腦補出非常勁爆的事情，「學長你和茵姊……不會吧？」

沈則木有些無奈，林初宴太聰明了。

他知道，現在自己就算否認也沒用，只好說：「不要說出去。」

林初宴並不打算配合：「我家暖暖要是問，我肯定不會瞞著她。」

沈則木冷漠地看了他一眼：「我跟向暖在同一個校區。如果我努力一點，天天都能看到她，不知道你介不介意？」

林初宴聽出來了，沈則木這是在威脅他。自己女朋友被全世界惦記著的感覺……真的好不爽。

「學長，你變無恥了。」

「過獎，跟你學的。」

※　※　※

告別了林初宴，沈則木靠在實驗大樓的後牆上，點了根菸，靜靜地發呆。

根據林初宴提供的線索，那晚的事情，他又零散地想起了一些。他和楊茵互相扶著上樓，他把楊茵送到她房間，就沒出去了。

為什麼沒出去？當時在想什麼……不知道是怎麼想的，可能真的是當成哥倆好了吧。

再後來呢？

他好像是覺得不舒服，就把襯衫脫了，所以第二天醒來時他是裸著上身的。問題是，楊茵的衣服是誰脫的？

沈則木的一根菸抽完，也沒想清楚這個細節。

腦子有點亂。

他打了通電話給楊茵。

楊茵的聲音聽起來十分正常，平靜得不像話：『喂，沈則木？你找我有什麼事？』

「我……」沈則木輕輕吐了口氣，艱難地啟齒：「我們那晚……」

『那晚真的什麼也沒有。』楊茵打斷了他。

「那麼，妳的衣服是誰脫的？」

『呃，應該是我自己。』

沈則木沉默不語。

楊茵覺得他好像不信，於是又補充道：『我有裸睡的習慣，即使睡著也會自己脫衣服，真的……』越說越小聲。這件事啊，實在是太尷尬了。

沈則木聽她講完這些，心裡壓著的那塊大石頭終於鬆動了。與此同時他也有些赧然，定了定心神說：「抱歉。」

『沒事。』

這種雙方都很尷尬的時刻，最適合做的就是結束通話。沈則木握著手機不語，等著她說再見。結果，楊茵也沉默不語，遲遲沒說話。

就這麼沉默了大概半分鐘，楊茵突然說：『沈則木。』

「嗯？」

『我想請你幫個忙。』

楊茵沒在電話裡說想讓他幫什麼忙，但沈則木聽她的語氣，像是鼓起很大的勇氣說出來的。他也許是太想彌補自己對她的歉疚了，於是沒問是什麼就直接答應了。

楊茵說來他的學校找他。她到的時候，天空又下起雨，沈則木撐著傘站在校門口，眼看著她下了車，在雨裡奔跑。他快步迎上去。

「又不帶傘。」這是沈則木見面說的第一句話。

「忘了。」楊茵不在意地甩了甩頭髮。

兩人去了東門對面的咖啡廳。楊茵點了杯美式，沈則木點了氣泡水。

「你不喝咖啡？」她問。

「從來不喝。」

「為什麼？」

「失眠。」

楊茵突然想到那天夜裡看到他獨自在花園裡抽菸的身影，她問道：「你經常失眠？」

「嗯。」

話說到這裡又是一陣沉默。楊茵突然發現，她跟沈則木真的不能算熟。這有點奇怪，明明認識的時間也不算短了，和向暖他們幾個同時。

咖啡和氣泡水先後端上來，沈則木問楊茵：「妳找我到底有什麼事？」

這件事有點難以啟齒。楊茵扶著咖啡杯的把手，垂著眼睛，視線落在深褐色的桌面上，說道：「我對男人有障礙。」
「什麼意思？」
「就是，和異性親密接觸——那種接觸，你明白嗎？」
沈則木點頭，「嗯。」
「對於那種接觸，我很抵觸。我去看過心理醫生，醫生說我這是心理障礙。」楊茵說到這裡，頓了頓，臉上出現一絲難以置信，「但是那天，我和你，我並沒有……」
沈則木明白她的意思，他壓下心頭關於那個障礙的疑惑，問：「是因為喝醉了嗎？」
「我有想過這個可能，另外一個可能是我的病好了。」
「所以？」
「所以……」楊茵吞了一下口水，「我想再試一下，在清醒的情況下。這對我很重要。」
再試一下，總要有異性配合。楊茵現在單身，這個要求顯得很詭異，不管找誰都莫名其妙，她想來想去，覺得最合適的是沈則木。反正已經跟沈則木尷尬過一次了，不介意再尷尬一下，破罐子破摔。
沈則木沉默不語，靜靜地看著她。
楊茵說：「我知道我的要求有點……咳，過分，你不答應也沒關係。」
「為什麼會有心理障礙？」沈則木突然問。
楊茵怔了一下，垂下視線，兩人之間又是沉默。

沉默了不知多久，就在沈則木以為她不會回答時，她說話了：「我十六歲那年，差一點被我的繼父強暴。」

「所以離家出走了？」

「嗯。」

「妳媽不管？」

「她天天被打，自顧不暇。」

她講這些時很平靜，從神態到語氣，沈則木卻突然想抱抱她。

※　※　※

他們在附近的飯店開了一間房。登記身分證的時候選商務大床房，櫃檯小妹妹還滿體貼地說：「辦會員可以免費幫您升級到豪華情侶套房。」

「不用。」楊茵立刻拒絕了。她需要一個正氣凜然的房間。

房費是沈則木付的，他堅持，楊茵拗不過他。

兩人拿了房卡，一路沉默著從大廳走到房間。楊茵發現跟沈則木在一起，最常做的事就是沉默，也不知道別人和他相處是不是也這樣。

他們的房間不錯，窗戶很大，拉上了薄薄的窗紗。

楊茵走到桌面拿起一瓶水，問：「你喝水嗎？」

沈則木搖了搖頭。

楊茵握著水瓶，有些緊張。她其實，並不知道該怎麼開始。

沈則木站在一旁觀察她的表情。然後他走到床邊坐下，望著她說：「過來。」

楊茵放下水瓶走過去，走到他面前，低著頭，視線落在他的膝蓋上。

沈則木抓住她的手腕，乾燥溫暖的手掌握著她，力道不大。他抓著她的手腕，輕輕地向下拉，楊茵順勢坐在他的腿上。

兩人靠得那麼近，他聞到了她身上的氣息，清新舒適，會讓人想到晴天時的草地。

沈則木也是個處男，懂得不比楊茵多。但現在他明顯感覺得到她的不知所措，於是他摟著她的腰，說出了指令：「幫我脫衣服。」

楊茵坐在他腿上，一顆一顆地，解開他襯衫的釦子。她的大腿和臀部結結實實地壓著他，脫他的衣服時，顫抖的指尖時而碰到他胸前的肌膚。沈則木又不是個太監，被異性這麼撩撥，難免會心跳加快，呼吸急促。

他不敢看她了，抬著下巴，移開視線。

楊茵把他的襯衫完全脫下，扶著他的肩膀貼上去，笨拙地親吻他的脖子。

沈則木看著窗前白色的窗紗，喉嚨有些緊。那天的記憶又被喚醒了，女孩柔軟的肢體赤裸光滑，膝蓋抵著他的……

不，不能再想了。

他閉了閉眼睛，突然發覺，胸前一片潮濕滾燙。

是淚水。

楊茵沒在親吻他了，她伏在他的胸前，無聲地飲泣。

沈則木收了收手臂，將她抱得更緊。他覺得她像隻聽話的小貓縮在他懷裡，沒有什麼抵觸與障礙，正常得不得了。

他拍了拍她的後背，力道溫柔。

這世上有許多的傷痛在你不知不覺時，早已被時間風化成沙。

「謝謝你。」楊茵說。

沈則木看著窗紗，那裡白得耀眼，有光線透過窗紗落在地板和床上，安靜而明亮。

「出太陽了。」他說。

（三）

從那以後，楊茵和沈則木有一個月沒聯繫，兩人都很有默契，就當作失憶了。

但沈則木知道楊茵的情況，因為她偶爾會在群組裡聊天。他基本上不會參與，但會看他們聊。

六月底，楊茵在群組裡宣布自己找到工作了，要請大家吃飯。

她的工作是當一支王者榮耀戰隊的教練，那個戰隊是去年組建的，今年春季賽易主改名，不久前在王者榮耀預選賽裡折戟，沒能保住王者榮耀職業聯賽的席位。

王者榮耀這個遊戲太紅了，有很多大大小小的職業戰隊。不過真的能得到關注的，只有王者榮耀職業聯賽裡的十二支隊伍，其他隊伍則是削尖腦袋，想成為這十二分之一。每個賽季的常規賽結束後，根據常規賽成績，王者榮耀職業聯賽的十二支隊伍裡只有九支可以保住席位，鎖定下個賽季的參賽資格。剩下三支隊伍會降級到預選賽，與其他戰隊競爭下個賽季的王者榮耀職業聯賽門票——這裡說的「其他戰隊」，都是在各次級聯賽脫穎而出的。

楊茵所要供職的Dw戰隊在今年的春季常規賽中表現不佳，以倒數第二名的成績光榮走進預選賽，之後沒能爬出來。

電競的競爭十分殘酷，更新換代相當頻繁，像Dw這樣的隊伍，以前有，以後還會有，基本上對他們來說，失敗就意味著解散，然後戰隊資源被老闆拆解賣掉，及時止損。

問題是，他們的老闆叫鄧文博。鄧文博不差那點錢，他更在乎的是自己的面子。買了個戰隊玩就玩了，花大錢簽了幾個主力，錢花了就花了，爺就是花錢買高興。但是戰隊打出這個狗屁成績，他高興不起來。

楊茵就是在這個時候主動找上了門。

「茵姊姊，妳是怎麼說服他的呢？」向暖問。鄧文博這個人，她有點印象。這個人喜歡吹牛，老年人手速，反正就是不可靠。

「我跟他簽了對賭協議。下個預選賽，我要是能把Ｄｗ戰隊帶進王者榮耀職業聯賽，他就給我一百萬，含稅。」

「好多錢，茵姊姊，妳要發財啦！」

楊茵笑道：「借妳吉言，等我發財！」

一直沉默的沈則木突然開口了：「如果不能呢？」

楊茵一愣，看向他。

沈則木問：「如果不能，妳要賠他什麼？」

楊茵用茶杯在桌面上輕輕碰了碰，碰出一陣悶響。她說：「我說啊，你能不能祝福我一點？」

「妳跟他有過節。」沈則木說。

向暖疑惑地看向林初宴，林初宴搖了一下頭，他雖然和學長有一點小祕密，但不是這個。

「茵姊姊，妳和鄧文博有什麼過節啊？」向暖問道。

楊茵簡單地解釋了那點破事。向暖這時候才知道，原來之前被楊茵打斷手的那個老闆就是鄧文博，現在兜兜轉轉地，又回去了。

向暖有點為楊茵感到委屈，「那妳為什麼還……」

楊茵倒顯得雲淡風輕：「人在社會上混，總難免要低頭的。」

※　※　※

不久之後，林初宴有一次遇到了鄧文博。他把鄧文博拉到角落裡，鄭重地說：「我聽說楊茵去你那裡了。」

「對啊，你認識她？」

林初宴說：「她跟我女朋友的感情很好。如果你欺負她，我女朋友會不高興，如果我女朋友不高興，我就會不高興。我要是不高興——」

「你就會強姦我。」鄧文博搶答。他有點鬱悶，實在惹不起這個小祖宗。

「你想得可真美。」林初宴說，「我的身體，只能是我們家暖暖的。」

「喔，我他媽好開心。」

「——我找大猩猩強姦你。」

鄧文博氣得直翻白眼，「林初宴，你這麼無恥，你家人知道嗎？」

「知道啊。」

鄧文博張了張嘴，這要怎麼接下去？

林初宴輕輕拍了拍他的肩膀，「所以，不要欺負楊茵。」

「我當然不會欺負她，我們現在是合作關係，你當我是禽獸嗎？！」

其實鄧文博選擇楊茵也是不得已。Dw是降級隊伍，但凡有點理想的隊員或教練，都不太可能來屈就。他倒是可以砸錢，問題是砸錢有什麼用？之前砸錢買了一線隊員，還不是照樣降級了？無休止地砸錢，只會把自己變成人傻錢多的冤大頭，徒增笑柄。

楊茵既然敢跟他簽對賭協議，代表她有點底氣。所以鄧文博一簽完協議，就把這個爛攤子甩給楊茵了。

Dw降級之後，五個主力隊員跑了四個，剩下一個沒跑是因為暫時沒找好去處。楊茵從候補隊員和青訓隊裡挑挑揀揀，又拉起一支隊伍，這算是第一步。

第二步，原先的那兩位資料分析師也辭職了，她去找鄧文博，希望再找一個資料分析師。她打這通電話的時候，鄧文博正在KTV包廂裡摟著美女唱歌呢，聽到楊茵說這件事，他只說一句話：「妳看著辦好了。」

楊茵有點頭疼。還是那個問題——降級隊伍，有點理想的資料分析師不願意來，願意來的，她也不一定願意收。

無奈之下，她在朋友圈裡發了條廣告：

『招聘資料分析師，遊戲王者榮耀，要求數學好，邏輯強，有一定的分析能力，且對這個遊戲有足夠的瞭解。待遇從優，有意者請聯繫我，手機：XXXXXXXXXXX。』

向暖問：茵姊姊，妳這個資料分析師可以兼職嗎？

這個問題，楊茵還真的沒想過。她見過的資料分析師都是全職的，不過……兼職貌似也沒什麼問題？資料分析師的工作主要是整理和分析資料，給合適的決策，這件事有一台電腦就能做，對時間地點沒有嚴格要求。

於是楊茵把那條朋友圈刪了，又重新發了一條，補上一句「可兼職」。

然後她問向暖：暖暖妳有興趣？

向暖：我沒有，我數學不好 QAQ

向暖：我本來是想問問林初宴要不要去，林初宴說他太忙了，不做別的兼職。

楊茵：嗯嗯，你們以後可以來我戰隊玩。

向暖：好啊好啊！

歪歪看到了楊茵的朋友圈，好激動：「我要報名，我要賺錢！」

一旁的沈則木掃了他一眼：「別報。」

「為什麼？」

「因為我已經報名了。」

「喂，你是覺得我贏不過你嗎？」

沈則木沒有回答，只看了他一眼，那個眼神，意思很明顯。

歪歪被鄙視了好生氣。更氣的是，他真的比不過沈則木。

沈則木在微信上簡單問了一下楊茵資料分析師的工作內容和待遇，楊茵跟他說了以後問他：你想應徵？

沈則木：嗯。

楊茵：時間夠嗎？

沈則木：夠。

他馬上就大四了，已經確定保送研究所，這算是大學裡時間最寬裕的一段時光了。

楊茵於是說：我們見面聊一下。

沈則木：好。

兩人約在第二天見面。恰逢考試週，沈則木一天有兩場考試，楊茵過來找他，在他考場外等著。

今天是晴天，日頭濃烈，一絲風都沒有，陽光曬得皮膚發燙。楊茵站在樹蔭下，穿著短袖短褲，四肢纖細修長，皮膚白得透亮；赤腳穿著一雙平底涼鞋，裸露在外的腳踝線條精緻而脆弱。

沈則木與歪歪並肩走出來，歪歪在他旁邊喋喋不休地討論剛才的考試內容，他就當身邊圍著一隻蒼蠅。

楊茵正站在樹下吃雪糕，一抬頭看到他們，她笑著朝他們揚了揚手，手裡還拎著塑膠袋，隨著她的動作左右晃蕩。

歪歪的眼睛一亮，跑過去說：「楊茵，妳怎麼來了？」

「要吃雪糕嗎？」楊茵笑著把塑膠袋遞過去。

塑膠袋裡有兩個雪糕，一個是香芋的一個是巧克力的，歪歪拿出那根香芋的，正要撕開包裝，楊茵卻將巧克力的遞給他：「你吃這個吧。」

「喔？好。」

楊茵接過那根香芋雪糕，遞給剛走來的沈則木。

歪歪吃著巧克力雪糕，問楊茵：「為什麼要換，有什麼問題？」

「沒什麼問題，這個好吃。」

「對啊。」

沈則木知道為什麼。

楊茵與歪歪講話時，視線落在沈則木身後，她看到有個女生朝他們走過來。

女生俊眼修眉，長得很有活力。她走近時打量著楊茵，視線上下一掃。楊茵的直覺告訴她這女生對她有點敵意。

女生對沈則木說：「沈則木，不介紹一下？」

「楊茵，姚嘉木。」沈則木說了兩個名字。

楊茵於是朝姚嘉木點了一下頭，說道：「你好。」

「妳好，妳是哪個學校的？」姚嘉木一派天真地問出這個問題，那樣子好像只是隨便聊聊天。

歪歪一臉尷尬，想阻止她卻沒來得及。

楊茵有些頭疼，答道：「我沒在上學了。」

姚嘉木「喔」了一聲，語調拉得有點長，聽起來讓人不怎麼痛快。然後她轉向沈則木，似笑非笑地說：「沈則木，你這品味真是——越來越糟了。」姚嘉木說完覺得好爽快，轉身就走了。

沈則木卻突然擋在她面前。姚嘉木有些意外，仰頭看他。

他目光冷淡，看著她的臉說：「道歉。」

姚嘉木臉色立刻變得很難看：「閃開。」

「請妳道歉。」

姚嘉木鐵青著臉，冷冷說道：「我要是不道歉呢？」

「我會告訴別人妳沒教養。」

這番話要是一般人說出口，根本算不上威脅。但他是沈則木，惜字如金的學霸兼男神，很多人對他的人品深信不疑。他說什麼別人都會相信，再加上名人效應，搞不好明天全校都會知道「姚嘉木沒教養」了。

就這麼輕飄飄的一句話，像座大山一樣壓在她身上。姚嘉木恨得要死，卻無可奈何。她委屈得快哭了，含著眼淚看著沈則木：「對不起，行了吧？」

「跟她說。」

姚嘉木轉身看著楊茵，「對不起，對不起，對不起！夠了嗎？」

楊茵向後退了一步，回答：「夠了，沒關係。」

姚嘉木恨恨地看了沈則木一眼，跑走了。

歪歪對楊茵說：「對不起啊，楊茵，我確實跟她聊過妳，不過我沒別的意思，我也不知道她會這樣……她大概就是吃醋了，口不擇言，妳別放在心上。」

「啊？沒事，你快去看看她吧，我看她心情不太好。」

「嗯嗯，那你們先聊。」歪歪追上去了。

等那兩人的身影完全消失之後，楊茵看了眼沈則木，笑：「謝謝你。」

沈則木垂了一下視線，「謝什麼？」

「從來沒有人這樣保護我。」

（四）

兩個人還是約在咖啡廳。楊茵帶了一些資料給沈則木，大概為他講解了一下資料分析師要做的工作。

資料分析師這個職業，在電競比賽中的存在感並不突出。許多戰隊都有資料分析師，至於能把資料分析用到什麼程度就因人而異了。在有些戰隊，資料分析師就跟擺設差不多。當然，這其中有一個很重要的原因是，不少教練和選手本身對通過分析資料得出的決策持保留態度，與此相比，他們更願意相信自己的經驗，甚至直覺。

整體上來看，資料分析本身在電競比賽中的應用並不成熟，有待探索。

沈則木聽楊茵講完，說道：「妳只要告訴我妳需要什麼。」

在他看來，這個工作就是透過大筆資料進行計算，給出分析、結論、決策等等。這不是楊茵的專業，要她簡單介紹一下還行，再深入解釋就把自己繞暈了。沈則木有必備的數學知識，懂計算軟體，所以他比她清楚該用什麼方式。

因此，他讓楊茵只提目標，至於具體要怎麼做，他來想辦法。

楊茵托著下巴說：「我發現，你其實挺適合做這個工作的。」

「為什麼？」

「你聰明、冷靜、謹慎、注重事實，很少情緒化。」

「那麼妳有沒有發現妳很適合做管理？」

「為什麼？」

「知人善任。」

楊茵靠在椅背上抱著手臂，姿態閒適，笑道：「你這麼說，看來我不錄用你是不行了。」

她回到戰隊後，找到以前的資料分析師勞動合約改了一下，傳給沈則木。然後當晚，又傳了一些近期需要他做的任務給沈則木。

沈則木並不確定自己現有的知識是否能完美解決未來可能出現的問題。未雨綢繆，他在網路上買了可能用到的書，想了想，又寄了封郵件給數學系的老師，希望得到一些指點，該往哪方面努力。

※　※　※

楊茵在鄧文博來視察工作的時候，把找了兼職資料分析師的事情告訴他。

「嗯。」鄧文博擺著架子，點點頭。

老闆突然變得高貴而矜持，楊茵也不知道他被什麼驢踢了腦袋，懶得理會他。她坐在電腦前，看幾個隊員的過往訓練和比賽影片，看一會兒就暫停分析。

「我說。」鄧文博突然叫她。

楊茵抬頭看向他：「老闆，還有事？」

「就這幾個人，」鄧文博朝門外指了指，「妳真能讓他們提升？」

「他們的能力都還可以提升，團隊遊戲，最重要的是團隊合作。」

鄧文博有個想法。他早就想親自下場打比賽了，春季賽的時候也上場過幾次，效果並不理想。但現在不一樣了，反正外面都是歪瓜裂棗，加他一個不算多吧？他肯定不會拖那幫人的後腿……

「妳說，」他問楊茵，「隊裡這麼缺人，要不然我也加入？」

楊茵默默地看著他。

鄧文博說：「妳這是什麼眼神啊？」

「老闆，你知道什麼是團滅發動機嗎？」

「不知道！」

「照照鏡子就知道了。」

「……」鄧文博被噎了一下，有點氣地說，「妳這女孩怎麼這麼不會說話？妳有沒有把我當老闆？」

「老闆，我這是忠言逆耳。」

鄧文博鬥嘴鬥不過她，也不能動手，於是憋著氣走了。

楊茵看完影片，關掉檔案伸了個懶腰，喝了口水。

然後她打開瀏覽器，進入搜尋網頁，搜索關鍵字：自學考試、學歷。

第二天，楊茵在午休的時間出門，去了一家教育機構。

一個叫鄺潮生的招生老師接待了她，兩人之前已經在網路上約好了。

鄺潮生的年紀在三十歲左右，穿著正式，戴著個細框眼鏡。他看著她的資料，有些疑惑地說：「在我們這裡自考學歷的——尤其對女孩子而言，考經濟或管理的比較多，因為相對來說，文憑好拿。我有點不理解，妳為什麼選自動化呢？這個科目不好考啊。」

楊茵答道：「我覺得自動化聽起來很高級。」

這個回答讓鄺潮生感到啼笑皆非。他闔上資料說：「我的建議是，妳最好慎重選擇。」

「謝謝鄺老師，我已經考慮好了，現在就可以報名。」

鄺潮生只好幫她報了名，然後根據她的時間為她推薦一對一的老師。楊茵只有早上八點到九點這個時間有空，鄺潮生有點好奇她的職業，她資料上的職業那欄是空白的。

「妳是做什麼工作的？」鄺潮生問道。

「遊戲教練。」

鄺潮生有點意外。這個職業很冷門，看她的外表還真看不出來。

報完名，鄺潮生讓她加了專業科目老師的好友。自考文憑是所有成人教育裡含金量最高的，一個大專學歷考下來，通常需要通過十幾門考試。大專學歷拿到後可以繼續考主科，主科考完了，就能考全日制的研究所了，就是沈則木即將讀的那種。

考試的過程很艱難，更何況是這種科目，鄺潮生不認為眼前這位蒼白瘦弱的女孩能堅持下去。

「要不然妳再考慮一下。」鄺潮生說，「妳現在想改，我還能幫妳改。」

「不用改。」

「妳的基礎太差了，高一都沒讀完。」

楊茵說：「我雖然高一沒讀完，但我國中考試數學是滿分，總成績全校第一。」

鄺潮生愣了愣，他不太確定這女孩是不是在吹牛。他問道：「那後來怎麼沒繼續讀？」

「去玩遊戲了嘛。」

好吧，原來是個迷途知返的遊戲少女。

既然她心意已決，鄺潮生也就不再勸了。

楊茵乾淨俐落地辦完這件事，偷偷摸摸地回戰隊，專科老師在路上傳訊息給她，告訴她考試通用的教材並不好用，要她去南山大學找一套他們的主科教材。

楊茵拜託向暖這件事，一再強調不要讓別人知道。向暖不辱使命，在二手書店買了全套的二手教材，不僅如此，她還幫楊茵網購了一套「學霸筆記」，學霸筆記的作者是沈則木，賣筆記的是歪歪，向暖怕身分暴露，特地以分身身分買。

筆記是掃描版的，楊茵拿到筆記後全部列印出來，看著沈則木蒼勁瘦硬的字體，心裡莫名有些甜。她把自己關在房間裡，守著筆記傻樂了好一會兒。

樂完立刻又清醒了：媽的，一個字都看不懂啊！

（五）

從報名自學考試之後，楊茵一天的生活基本上是這樣的：

早上七點起床，洗漱完吃早飯後，在房間裡讀一會兒英語，然後抓緊時間騎自行車出門，去兩公里之外的成教學校上輔導課。九點上完課回來後，假裝什麼都沒發生，把自己關在房間裡看一會兒書，等隊員陸陸續續起床吃早飯。

上午十點到晚上十點是隊員們主要的活動時間，會進行隊內訓練或跟別的戰隊打訓練賽，互相切磋。Dw雖然降級了，好歹曾經是頂級戰隊，比一般的次級聯賽隊伍稍微有點檔次，還是能約到實力不錯的戰隊打訓練賽。

大部分職業戰隊的作息時間比楊茵制定的時間表晚，某些戰隊的活躍時間是在淩晨時分，整隊都是夜貓子，晚上不睡覺，早上不起床，楊茵不提倡這麼做。所以Dw的時間表在一眾夜貓子裡顯得格格不入，十足是小學生作息。

晚上十點訓練結束後還沒結束，楊茵會帶著隊員們夜跑四十分鐘左右，繞著社區跑。跑完了才解散，各自去休息。

這讓不少隊員想到國中時的慘痛經歷，都有點無法接受。

楊茵找鄧文博申請，幫隊員適當地加了一些工資，而且完成鍛煉的人有獎勵，每個月可以去兩次娛樂場所，KTV或酒吧。這待遇讓隊員們覺得好受一些，至少面對國中生可以抬起頭。

這些楊茵都會和隊員們一起做，以身作則。早上她永遠比隊員還早起，夜跑時永遠是領跑，除非遇到下大雨才會取消夜跑。但沒有隊員希望下大雨，因為下雨天他們的健身計畫會更改為爬樓梯，在基地別墅裡上上下下，比跑步還累。

有一次，鄧文博開車路過自家戰隊基地，車停在路邊，正好看到他們在夜跑。楊茵身後照例跟著那幾個歪瓜裂棗，她穿著運動服，被身後的男生們襯得身材嬌小纖細，彷彿一陣二級小風就能把她吹起來。他們跑得靠近一點時，鄧文博藉著路燈燈光看到她臉上布滿汗水，桃紅色的運動上衣濕了一片，就像一枝沾著雨水的薔薇。

他們跑得更近了，鄧文博搖下車窗看向窗外，下巴微微抬著，樣子有點矜持，等著這幫人跟老闆打招呼。

呼——

幾個人目不斜視，在他面前均速跑過去了，腳步聲竟然還滿整齊的。

鄧文博摸了摸鼻子，默默地搖上車窗，假裝什麼都沒發生過。

在車裡跟幾個美女傳訊息聊了一會兒，他有點「後宮佳麗三千，今晚不知道該寵幸哪個」的小煩惱。然後他把車開進社區，停在基地別墅的樓下。

歪瓜裂棗們跑完，累得不行，洗完澡很快就睡了，房間的燈光一片黑暗。

只有楊茵房間的燈是亮的。

鄧文博腦補了楊茵趴在案前拚命工作的畫面，有點感動。這女人雖然說話不好聽，不過也確實很敬業，比那些欺上瞞下，成天想坑老闆的人強得多。

鄧文博傳了封訊息給楊茵：妳不用那麼拚，要是真的提升不了我也不會吃了妳。

楊茵回得倒快：老闆，我沒在工作。

鄧文博：那妳在幹什麼？

楊茵：我在讀書。

鄧文博：……

那門科目是大學必修課，也是自學考試的必考科目，所以楊茵並沒有撒謊，她真的在讀書。自考的科目大部分都很難，就連通識科目的英語和數學在她眼裡都特別難，更不要說那些像天書一樣的專業科目了。相對來說，這門科目簡單多了，楊茵學習時有一種且學且珍惜的心態。

看了一會兒書，楊茵收到沈則木的消息。

沈則木：明天有空？

楊茵：有空，什麼事？

沈則木：我去找妳。

楊茵：喔。

第二天，楊茵穿了裙子和高跟鞋，化了妝噴了香水，這一套下來，驚呆了戰隊那幫歪瓜裂棗。要知道，楊教練雖然是他們的同齡人，卻非常非常冷酷無情，天天把他們練得要死要活，他們表現不好時被罵得可慘了，菜狗、菜雞、菜鳥……楊教練都罵過。整體上來說，楊教練人是不錯的這點他們都承認，但……他們真的沒辦法把她和裙子、香水這些東西聯繫在一起。

不過話說回來，這種打扮的楊教練還挺好看的……

楊茵和沈則木約的時間是下午。上午時，鄧文博來戰隊視察工作，一看到楊茵也有點意外。

這女人穿著白色的休閒襯衫和淺藍色的牛仔短裙、白色細高跟涼鞋坐在那裡，裸露在外的小腿顯得細長筆直，皮膚白得快發光。

她正在和隊員講事情，鄧文博也不好打擾他們，在外面等了一會兒，等到楊茵出來。

「老闆，什麼事？」楊茵問道。

「沒什麼，就過來看看。」

「喔。」

楊茵的襯衫是沒有領子的那種，現在領口隨意地敞開著，鄧文博看了一眼她平直精緻的鎖骨。再想往下看……唔，看不到了。

楊茵正在翻看一個本子，沒注意到他的目光。

鄧文博嗅了嗅，問道：「妳噴香水了？」

「嗯。」

香水的味道很淡，若有若無，時而能聞到。鄧文博用力吸氣，聞了好幾次，然後說：「這香水挺好聞的。」淡淡的，很清新，有點像下過雨的草地或竹林。

「老闆的品味不錯。」楊茵說。

「什麼牌子的？我買來送人。」

楊茵說了牌子，鄧文博又問價格，聽完價格，他搖搖頭道：「不行，太便宜了，送不出手。」

「老闆，別當著窮人的面說這種話。」楊茵說完也不管他，自己去了辦公室。

辦公室在訓練室旁，兩個房間用玻璃門隔開，楊茵在辦公室可以看到訓練室的情況。不過看人沒用，她通常會在電腦上看他們遊戲的訓練實況。

鄧文博尾隨著她進了辦公室，楊茵也不知道他想幹什麼，隨便他了。

鄧文博問：「妳今天怎麼打扮得這麼漂亮？是不是因為我要來？」

楊茵忍著翻白眼的衝動，把桌上的一面小鏡子遞給他：「老闆，你可能需要這個。」

鄧文博也不惱，托著下巴又問：「妳今天是不是貼了雙眼皮？」

楊茵忍不住摸了摸自己的眼睛，問道：「有這麼明顯？」

「還好吧，我就是看多了，所以能一眼看出來，不過呢，」他頓了頓，說道，「我覺得妳沒必要。妳的單眼皮挺有味道的。」

「是唄，要不然也不會讓老闆一見面就調戲我。」

「那是個誤會，我也是被網路上的傳言誤導了，妳怎麼這麼小心眼？再說了，妳不也把我打到骨折了？我有說什麼嗎？」

「你有說什麼嗎？你跟全世界的人說我是個變態暴力狂。」

「那都是過去的事了，我們現在不是相逢一笑泯恩仇了嗎？好了，我請妳吃飯當作賠罪，行了吧？」

楊茵樂了，轉過身來翹起二郎腿，似笑非笑地看著他，「老闆啊，我得提醒你一件事。」

鄧文博問：「什麼事？」

「以老闆你的財力，想找什麼漂亮妹子都能找到。但你要是把我嚇跑了——我把話先說清楚，你的戰隊沒人能救，你就等著Ｄｗ成為你永遠的黑歷史吧。」

「妳看妳，亂想什麼呢，」鄧文博直起腰板，搖了搖頭，「一點都不可愛。」

「老闆，慢走不送。」楊茵低著頭朝他搖了搖手。

（六）

楊茵吃過午飯，卸了妝又重新化一次，把假雙眼皮撕掉了。鄧文博別的不可靠，對女人外表的評價還是有幾分牢靠，畢竟經驗豐富。所以沈則木下午來時，看到的是她「非常有味道」的單眼皮。

他今天沒穿襯衫，而是一件款式簡單的黑色短袖T恤，肩上掛著電腦包站在那裡看她，視線往她身上微微一掃，最後在她白皙柔潤的膝蓋上稍微停了停。

楊茵覺得有些局促，不自覺地撩了一下頭髮，問道：「你來找我有什麼事？」

「我有一個想法。」

楊茵把他帶到會議室。她從冰箱裡拿了兩瓶雪碧，給了他一瓶。

沈則木坐在椅子上，看著桌上雪碧瓶子外凝結的細密水滴，突然想起一件事，說道：「巧克力中雖然含有咖啡因，但含量很少，並不會加重失眠。」

「喔。」楊茵鎮定地點了點頭，「你要跟我說的想法是什麼？肯定不是這個吧？」

「不是。」

沈則木把電腦掏出來擺在桌上。他的電腦和他的人一樣，簡約端方厚重，給人一種莫名的安全感。

他做了一份PPT。因為只有兩人看，所以也不用動用投影機，楊茵把椅子拉過去坐在他身邊，看他一邊播放PPT，一邊為她講解。

沈則木的想法十分大膽——他想自己做一個軟體，用來類比比賽。如果軟體做出來，能夠類比出不同選手、不同陣容搭配的對局過程，預測比賽結果。

楊茵問道：「能算得很準確嗎？」這才是最重要的。萬一預測的結果與真實的情況離題萬里，那就直接把人帶到溝裡去了。

沈則木說：「不能保證百分百準確，只能透過不斷改善，去不斷貼近實際情況，就像漸近線那樣。」

「我覺得應該很難。」

是很難。陣容搭配這玩意兒還好一點，只要資料夠多，總能不斷修改和完善模型。但選手就沒有那麼好說了，因為人的不確定因素太多了。

「我認為人也可以建立模型。」沈則木說。

「怎、怎麼建立？」

「用參數，把選手資料化。」

楊茵聽得半懂不懂的，但又莫名覺得興奮。

沈則木講完PPT，兩人又討論了一些細節。楊茵托著下巴看他，問：「你還會寫軟體啊？」

「我們科系裡，C語言是必修課。」

「厲害厲害，學霸。」楊茵朝他拱了拱手，笑道。

沈則木微微偏著頭看她，目光沉靜。看了一會兒，他說：「這香水很適合妳。」

楊茵壓抑著心底那點蕩漾，笑道：「是嗎？這牌子挺不錯的，以後我送你一瓶男士的。」

沈則木沒說好也沒說不好。

兩人收拾東西從會議室走出來，一看時間，楊茵才發現他們竟然聊了將近三個小時，都快到吃飯時間了。

歪瓜裂棗們已經完成了楊教練交代的任務，正等著開飯。現在他們很閒，偷偷地往外探腦袋，暗中觀察這位不知道從哪裡冒出來的帥哥。

楊茵凶了他們一眼，說：「看什麼看，再看就把你們都變成模型。」

這番話聽起來有點恐怖，大家都不敢看了。

※　※　※

第二天，沈則木又過來了。

他的模型並不能靠拍腦袋想出來，需要楊茵這個在前線工作的教練的支持和幫助。兩人關在會議室裡討論了很久，直到有隊員過來敲門，叫他們去吃午飯。

楊茵今天又穿了裙子，暖色調的小碎花棉質連身裙，頭上別了一個小小的蜜蜂髮夾，氣質顯得清新柔軟又甜美，待在一群雄性動物裡，彷彿自帶柔光效果。

歪瓜裂棗們好感動，這天沈則木離開的時候，他們拉著沈則木的手，真誠地勸道：「一定要常來啊，沈資料師。」

沈則木抿著嘴角，淡淡地「嗯」了一聲。

第三天，沈則木真的又來了。

他其實有很多東西要和楊茵討論。與沈則木幾乎是前後腳，鄧文博也來了。鄧文博看到有個不認識的男人進自己的戰隊基地，看氣質也不像是外賣小哥或快遞小哥，因此有點戒備。

一進別墅，鄧文博見到客廳裡打扮成花朵的楊茵跟那個人說話，眉眼帶著令人很難忽視的神采……他有點明白了。

「老闆，你又來了。」楊茵看到鄧文博時，隨口說道。

「什麼叫『又』，我不能來嗎？妳不想看到我？」鄧文博說著說著有點不悅地看向那個男人，問，「這是誰啊？」

「老闆，為你介紹一下，這就是我上次跟你說的，我們的資料分析師，沈則木。沈則木，這是鄧老闆。」

「喔……」鄧文博審視地看著沈則木。

沈則木也審視地打量著他。

這時候就體現出面癱的好處了。因為沒什麼表情，所以跟人對視的時候容易顯得氣場很強大。

鄧文博皺了一下眉，移開視線，故意問楊茵：「可不可靠啊？」

「可靠，人家是南山大學的高材生。老闆你坐著，我們還有事，先走了。」楊茵說著，輕輕扯了一下沈則木的手臂。

她的指尖有些涼，碰到他手臂上的肌膚，那觸感並不令人討厭。沈則木沒再給鄧文博一個眼神，目不斜視地跟著楊茵，走向會議室。

鄧文博被無視了，心裡很不爽，跟著他們走到會議室門口後，往裡面喊：「楊茵，妳出來。」

楊茵才剛坐下，她扭著頭問：「老闆，什麼事？」

「出來。」

楊茵莫名其妙地站起身，對沈則木說：「你等一下。」

沈則木淡淡地嗯了一聲，自己開電腦。

楊茵往外走時，沈則木看了她一眼。她今天又穿了高跟鞋，細細的鞋跟把人撐起來，腿部線條繃得緊致漂亮。可惜她走路的姿態有點彆扭，看得出來她穿不習慣這種鞋。

楊茵走到門口，門只掩了一半，她靠在門框上問鄧文博：「老闆，你到底還有什麼事？快點說清楚，我真的很忙。」

「給妳的。」鄧文博遞來一個紙袋，紙袋上印著香奈兒的字母。

楊茵往紙袋裡面看了一眼，應該是香水。

她不接下，說道：「老闆，不用了，我用不慣這個牌子。」奢侈品能少用就少用，胃口養刁了怎麼辦？由儉入奢易，由奢入儉難。

「給妳就拿著，不要多想，這是犒賞妳的。」

「既然是員工福利，那就直接換成錢，匯到我的帳戶裡吧。」

「妳一點都不可愛。」鄧文博又說了一遍，然後下巴抬了抬，朝著沈則木的方向瞇著眼睛問楊茵，「妳跟裡面那小子是什麼情況？我說妳整天打扮成這樣，不會都是為了他吧？」

「你別亂說，人家還在上學呢，是未來之花。」

「喔，也是，小毛孩一個，我看你也不會那麼沒眼光。」

楊茵有點不耐煩了，又說了幾句話總算把鄧文博打發走了，她重新回到會議室坐下時，沈則木突然開口：「妳幾月生日？」

「我？三月。」

「我一月，」他的目光從電腦螢幕上移開，看著她，「我比妳大兩個月。所以，以後別總把我當小孩。」

「喔。」楊茵有點不敢和他對視，怕被他看出心事。她看著他的電腦螢幕，小聲說道，「那你好棒棒喔。」

「還有。」

「嗯？」

「妳穿高跟鞋不好看。」

楊茵有一口老血卡在喉嚨裡。她低頭看了一眼自己的鞋子，哪裡難看了？明明超讚的好不好！

下午的時候，楊茵回房間換了雙夾腳拖，然後踩著俗不可耐的亮粉色夾腳拖站在沈則木面前問他：「這雙鞋好看嗎？」

沈則木視線低垂，看了眼她細白的腳面和小巧精緻的腳趾，點頭道：「還行。」

楊茵心想，直男的審美真可怕！

她整個下午都有點自暴自棄，就穿著這雙夾腳拖，不過話說回來，穿拖鞋是真的很舒服。

沈則木在戰隊吃晚飯，吃飯的時候外面下起了大雨，楊茵本想讓沈則木等雨停了再走，結果雨越下越大，市政部門瘋狂地傳送暴雨警報到市民的手機裡。

「要不然你先在這裡勉強住一晚？我讓隊員騰出一個房間。」楊茵說。

有個小歪瓜問楊茵：「教練，為什麼不讓沈哥住進來呢？」

楊茵一拍腦袋，看向沈則木：「你現在住哪裡？」

「學校。」

「現在學校那邊沒事吧？」

「沒。」

沈則木現在放暑假，大部分的同學都去實習了，不過他大二暑假時已經拿到了實習學分，所以這個暑假就閒下來了。

「要不然，你就……」楊茵心裡有鬼，說這番話時感覺到一絲絲心虛，支支吾吾了一下才說，「先搬過來幾天？等忙完這些再回去。」

沈則木望著窗外的雨幕，「嗯」了一聲。

（七）

沈則木的東西不多，書、電腦還有些衣服。他的房間在二樓，正好是楊茵的正上方。

楊茵的房間一開始並不是一樓，後來為了方便早起偷偷去上課又不用吵到別人，她才調換了房間。

沈則木搬進基地的第二天，楊茵一早推著自行車出門，在樓下時感覺彷彿被人注視著，她回身仰頭，看到二樓窗前站著一個人，隔著窗戶看她。

楊茵嚇了一跳。

她的歪瓜裂棗們都睡得死豬一樣，唯有他格格不入，起得這麼早。

沈則木現在只穿著一條深色的短褲，裸著上身微微彎腰，手臂壓在窗邊。從她的角度，透過玻璃可以看到他窄窄的腰身，小腹上有一些毛髮，一直往下蔓延至褲子裡。楊茵吞了吞口水，還想看看他的腹肌線條，可惜距離有點遠。

沈則木自上而下安靜地望著她，也不說話。

楊茵心虛，被他看得身上一陣熱燥燥的，於是隨意朝他揚了一下手，騎上自行車走了。

快到社區門口時，她停下來傳了訊息給他：身材不錯。

很快，沈則木回：謝謝，妳的也不錯。

楊茵突然想起她曾光溜溜地躺在他懷裡……帶著這種想法看他的訊息，越看越覺得曖昧。

她是看他老實才調戲他的，沒想到自己好像反而被調戲了。

人啊，就不該有壞心眼。

※　※　※

上完課，楊茵回到基地，沈則木也沒問她幹嘛去了，他從來就不是個多嘴的人。

這天晚上夜跑，沈則木自然也加入了，領跑的變成兩個人。鄧文博也不知道自己是出於什麼心態，把車停在路邊就等著圍觀他們。等到他們跑近時，他搖下車窗說：「楊茵！妳再假裝看不到我，我扣妳工資！」

「老闆你好，老闆再見。」楊茵飛快地說完這八個字，腳下的速度不停。

後面跟著的歪瓜裂棗們一邊跑一邊笑。

跑完步，楊茵洗了個澡，關在房間裡看書。今年十月有一場考試，她打算先報三科，先把簡單的考完。專業科目慢慢學，等明年四月再報名。

看了一會兒書，她覺得肚子餓了，想去廚房弄點宵夜，路過客廳時，看到沈則木在抽菸。

「失眠？」

「嗯。」

「我要煮宵夜，你要不要吃？」

「嗯。」

楊茵說，「我明天買個機器人放在這裡，機器人都比你會說話。」

廚房裡有食材。戰隊請了一位阿姨，打掃兼做飯。楊茵在冰箱裡翻了翻，最後煮了清麵，加生菜和番茄、蠔油，然後又放了兩顆荷包蛋，看起來還不錯。

沈則木的菸已經抽完了，楊茵把一大碗麵擺在他面前，他說：「謝謝。」

「不謝不謝，」楊茵也坐下了，說：「你會不會是因為抽菸才失眠的？」

「不是。」

「那是為什麼？有看過醫生嗎？」

「神經衰弱。」

楊茵更疑惑了，「你年紀輕輕的，怎麼會神經衰弱呢？」

沈則木低頭用筷子翻了一下碗裡的荷包蛋，答道：「國中時生過一場病。」

「什麼病？」

他沒說話。

楊茵直覺沒有生病那麼簡單，她托著下巴看著他，輕聲說道：「你都知道我的祕密了，那你也和我說說你的吧？」

沈則木放下筷子，開始和她說一點往事。他講話的語氣很平靜，用詞簡練中性，楊茵卻聽得心口直抽痛。

在沈則木國一那年，他爸爸調任Z省某縣的一把手，那個縣的城水太深，沈爸爸去了之後可能觸動了某些人的利益，調過去沒多久就被人設了圈套。有人匿名舉報他貪汙受賄，檢察院的人在他住處的床下搜到一箱錢。沈爸爸被關進看守所之後，沈則木的奶奶被嚇到病倒了，住了院。

這件事被曝光之後，沈則木在學校的日子很不好過，同學幫他取了個外號叫「貪汙犯」，高年級有幾個男生每天打他。他媽媽被家裡的事弄得焦頭爛額，一時間也顧不上他，他就這樣天天被他們打。

楊茵紅著眼眶問：「為什麼不跟老師和父母說呢？」

「家裡的事太多了，當時覺得，自己要是男子漢，就不該讓爸媽操心。」

「後來呢？」

「後來我爸的案子查清楚了，錢是別人放過來誣陷他的。」

「不是，我是說你，你呢？」

「我住院了。」

那是他們最後一次打他。他被打得昏迷不醒，在ＩＣＵ裡住了五天，被下達了好幾次病危通知。等他完全傷好出院之後，就有了神經衰弱的毛病。

楊茵哭了，她覺得心口特別疼。她不敢想像只有十二三歲的沈則木，被人圍毆得鮮血淋漓的畫面。

沈則木抽了桌上的紙巾遞給她，安慰道：「已經過去很多年了。」

楊茵問道：「沈則木，你是不是覺得這個世界一點也不美好？」

「我覺得這個世界，不好也不壞。」

「我原先覺得這個世界並不太好，就勉強活著，後來……」

「嗯？」

她眨了眨眼睛。

後來遇到了一個人，因為他，開始覺得全世界都美好起來了。

楊茵把自己碗裡的荷包蛋夾給沈則木，「你多吃點。」

沈則木看著自己碗裡兩個疊在一起的荷包蛋。這件事過去快十年了，他在今天得到了一顆荷包蛋當補償。

吃完宵夜，兩人收拾好碗筷，楊茵拍了拍沈則木的肩膀說道：「時間不早了，快去睡覺吧。」

「妳呢？」

「嗯？」

「妳不睡覺？」

「我消化一下，也馬上就睡了。」

沈則木上樓，回到自己房間。剛吃完宵夜，他一點睏意也沒有，站在窗前發了一會兒呆，突然聽到樓下一聲高亢的女生尖叫：「啊！！！！」叫聲可謂慘烈。
沈則木想也沒想，轉身出門跑下樓，到楊茵房間外面也顧不上敲門，直接推門而入。
楊茵正縮在床上，懷裡抱著被子瑟瑟發抖。
她看到他進來，顫抖地喚他：「沈沈沈沈沈則木……」
「怎麼了？」沈則木擰眉問道。
「老老老老老鼠……」聲音帶著哭腔。
沈則木精神一鬆。原來只是老鼠。
他關好門，提著一支掃帚幫她抓老鼠。
楊茵縮在床上當指揮部：「在那裡！在那裡！啊！！！」
沈則木被她吵得心煩，直起腰抓起被子，往她腦袋上一蒙，「別看了。」
「嗚嗚嗚。」
「沒事了。」他說。
沈則木忙了一會兒，終於把老鼠抓出來弄死了。
楊茵拉下被子，看到沈則木用紙巾墊著，手捏著老鼠的尾巴。老鼠的頭朝下，灰色的肥碩身體晃啊晃的。
「啊！！！」又一聲尖叫，她快嚇哭了。
「給妳看屍體。」沈則木是一片好心。

「我不看我不看，你快拿走！」

沈則木把老鼠扔進垃圾桶裡，轉過身背對著她。她沒看到他臉上乍現的笑容。

楊茵重新把腦袋從被子裡放出來時，她發現沈則木的視線落在她的書桌上。

書桌上……

楊茵心口狂跳，幾乎直接從床上撲過去，想把書桌上的東西都收掉。可惜，她終究晚了一步。

沈則木已經拿起了桌上那份筆記。

嗯，學霸筆記。

「別看了，這個少兒不宜，你快給我。」楊茵腦子裡有點慌，伸手去搶。

沈則木把手臂一抬，她完全搆不到。他低著頭看她，目光靜如深海。

楊茵搶不回筆記，訕訕地低頭。

沈則木翻看了一下筆記，看到的全是自己的筆跡。他看了眼楊茵，只見她低著頭，不知道在想什麼。

「為什麼？」沈則木突然問。

楊茵抬頭，一臉鎮定地答：「就是想考個學歷，活到老學到老嘛，技多不壓身。」

「為什麼選自動化？」

「不是我要選的，是成教學校的老師經過評估，推薦這個科目給我。」

「成教老師推薦自動化給妳？」
「對啊，有問題？」
沈則木也不說話，就靜靜地看著她，楊茵抵擋不住壓力，眼神飄開，推著他往門口移動，
「這麼晚了，早點睡吧，今天謝謝你了。」
她把他推到門口時，聽到他突然說：「妳當我傻子。」
楊茵假裝沒聽到，「砰」地關上門。
沈則木開始敲她的門。咚咚咚，咚咚咚。
她背靠著門，低頭扶額。敲門聲一直響起，看樣子如果她不開門，他可以敲到天荒地老。
楊茵猛地拉開門，無奈地看著他：「有什麼事明天再說，好嗎？」
沈則木沒說話，直接走進她房間。
楊茵：「喂……」
他走到垃圾桶前，彎腰把黑色的垃圾袋提起來，抓在手裡。
垃圾袋裡的東西不多，裡面最大的物品是那隻死老鼠。
沈則木提著垃圾袋走出房間，走到門口時，看了一眼怔愣的楊茵說：「晚安。」

（八）

早上楊茵出門上課時又看到了沈則木，還是那個位置、那個姿勢，不同的是今天換了條淺色的短褲，小腹上的毛髮顯得更明顯了。

兩人一上一下，隔著窗戶相望。他的身材太好了，楊茵覺得這是上天賜的福利就多看了幾眼，反正看一看又不掉一塊肉。

上完課回來時，她自行車的車籃裡多了一捧鮮花。

「誰送的？」沈則木問。

「自己買的。」楊茵把花插到花瓶裡。

她以為沈則木會問昨天的事，關於她的考試，關於他的筆記。可是一整天下來，他一個字都沒提，彷彿失憶了。楊茵有點意外，轉念一想，又覺得這才是沈則木。

過了幾天，楊茵買了她之前承諾過的男士香水，直接把手提袋甩給沈則木，姿態超帥氣。

沈則木看著手提袋問楊茵：「妳老闆為什麼送妳香水？」

「他想泡我唄。」

沈則木一手放在紙袋上，靜靜地注視她。

楊茵感覺她好像幫自己挖了坑。老闆送香水是為了泡她，所以她送香水給沈則木呢？也是為了泡他？

她有點尷尬，掩著唇咳了一下：「你、你別誤會……算了，要不然你還給我吧。」說完，伸手想把紙袋拿回來。

沈則木握著紙袋輕輕一撤，她的手便落了空。

「沒誤會。」他說。

第二天，楊教練送沈資料師禮物的事，不知怎麼就被隊員們知道了。

小歪瓜對楊茵說：「楊教練，我們也要。」

自從沈資料師搬進來，楊教練變得越來越有女人味，脾氣也越來越好了，隊員們被慣得有點不像話，都敢跟她提要求了。

楊茵問：「你們要什麼？」

「我們那麼努力訓練，楊教練不給我們獎勵嗎？」

「給，要給的。」

中午，楊茵買了顆大西瓜。西瓜太大了，用普通的水果刀不好切，她把廚房裡一把黑漆漆的鍛鐵大菜刀洗乾淨，然後舉著大菜刀三下五除二……切了西瓜給隊員們吃。

這就是楊教練的獎勵了。

隊員們吃西瓜的時候集體沉默，像一群嚇壞了的小羊。

吃完西瓜，小歪瓜偷偷對沈則木說：「楊教練只對你一個人好。」

※　※　※

又過了幾天，沈則木把一個紙箱擺在她桌上。

箱子是快遞商的，上面貼著快遞單。楊茵有點好奇，低頭看了一眼快遞單上的資訊，是從居源市寄過來的，收件人是沈則木。

沈則木就是居源市人。

「這什麼啊？」她指著箱子問。

「給妳的。」

「收件人是你。」

「嗯，給妳的。」

「還挺神祕。」楊茵撇了一下嘴角，找剪刀拆快遞。

快遞包裹得很好，裡面特地做了防水層，看得出寄快遞的人很細心。楊茵一邊拆一邊問，「是你家人寄來的？」

「嗯。」

她把防水的塑膠扒開，看到裡面整齊地擺放著舊書和筆記。

書是高中數學和物理的課本，筆記是與書一套的內容，裡面的字跡是熟悉的蒼勁瘦硬，是他的字。書與筆記本都很舊了，紙頁泛著時光賦予的淡黃色，但是乾淨整潔。

楊茵低頭翻著筆記，喉嚨裡像是卡著什麼東西。

沈則木說：「如果妳只想考文憑，也許用不到這些；如果想把這個主科學好，需要先補基礎。」

楊茵點點頭，吸了口氣後輕聲答：「謝謝你，我會認真看的。」

「不用謝，不懂的可以問我。」

楊茵吞下那些情緒，突然抬頭看他，眨了眨眼睛說：「沈則木。」

「嗯。」

「有沒有人對你說過，你其實很暖啊？」

「沒有。」

楊茵心想，那是因為別人眼力不好。

晚上楊茵收到向暖的訊息，說林初宴弄到了電競嘉年華的入場券，問楊茵要不要去。

這次的電競嘉年華在南山市舉辦，到時候會有一些遊戲的活動，展覽、互動什麼的，還會有表演賽，總之很熱鬧。

楊茵問向暖：幾張票？

向暖：總共四張。

楊茵：小老虎去嗎？

向暖：虎哥他自己有票，不過他不想和我們一起去。
楊茵：為什麼？
向暖：他說不想看到我和林初宴 T^T
楊茵立刻明白了。說實話，正常的單身狗都不太想看到這兩人在一起，陳應虎能堅持這麼久已經算大愛無疆了。
向暖：喔，對了，我們還剩一張票。我想問問沈學長，林初宴不讓我問，他要妳去問。
楊茵：那我問問他。
向暖：好喔，最好不要浪費。
楊茵有點不解林初宴怎麼會讓她去問沈則木，難道他發現什麼了？這小子也太敏銳了，屬雷達的嗎？
她上樓，敲響了沈則木的門。
沈則木剛洗完澡，頭髮還是濕的，連目光似乎都染著一些濕意。他站在門裡看她時，楊茵覺得這個人簡直就是移動的荷爾蒙噴霧器，一個眼神就讓她心跳加速。
「下週六的電競嘉年華，你要去嗎？有票。」
「妳去？」
「對喔，還有向暖和林初宴。」
「嗯。」

楊茵跟他相處久了，基本上能根據不同的語境和語氣解讀出他嘴裡的「嗯」代表的意思。這裡的「嗯」是「要去」。

※　※　※

向暖對林初宴說，「我想送你一套角色扮演服，到時候你穿著，我們一起去電競嘉年華好不好？」

林初宴問：「妳要買誰的？是諸葛亮的嗎？」

王者榮耀裡，向暖最喜歡的男性外表是諸葛亮。如果不考慮外表，她最喜歡的男性是張飛。

向暖聽到林初宴問，搖頭道：「不行，諸葛亮的衣服太多了，現在天氣這麼熱，你要是中暑了怎麼辦？」

林初宴好感動，他的女朋友真暖，簡直就是小天使。

向暖：「我幫你買了個妲己的熱情桑巴，那個很涼快的。」

林初宴：「……」

打臉來得太快，就不能讓他多感動一會兒嗎……

向暖扯了扯他的衣角，「你就穿穿嘛，我特別想看你Ｃｏｓ妲己。」

林初宴覺得他好像遇到了變態。

臉皮厚是有上限的，林初宴臉皮再厚也不能接受這樣的改造，所以斷然拒絕了。

「求求你了。」向暖說。

很好，就為了這種破事求他？尊嚴呢？底線呢？

林初宴摸了摸向暖的狗頭，笑道：「我有個條件。」

「什麼條件？」

林初宴扣著她的腦袋湊近一些，低聲道：「妳親手幫我穿。一件一件的，先脫再穿。」

向暖和林初宴互相指認對方是變態，到最後也沒談攏。於是林初宴很遺憾地沒有扮成什麼人，以正常的打扮去嘉年華。

四人在會場外一碰面，向暖就看得有點呆，「茵姊姊妳……」

「我怎麼了？」楊茵笑問。

「妳變漂亮了。」

女人嘛，只要用心打扮，顏值基本上都能往上跳。楊茵以前不愛打扮，現在不一樣了。

她捏了捏向暖的臉，笑道：「嘴真甜。」

向暖看看楊茵，再看看一旁的沈則木，眼珠轉了轉。

幾人走進會場後，向暖突然說：「茵姊姊，我們一起去洗手間吧？」

「好啊。」楊茵覺得向暖好像有話要說，這小女孩的臉上藏不了心事。

到洗手間後，楊茵問她：「怎麼了？」

「茵姊姊，妳跟學長是不是……」

向暖問時微微嘟著嘴，看起來有點委屈。楊茵心裡立刻一個咯噔，她差點忘了，向暖以前告訴過她，說暗戀過沈則木。

楊茵突然有些無措，輕聲問道：「妳、妳介意啊？」

「啊？」向暖愣了一下，等想通楊茵指的是什麼，她趕緊搖頭，「不不不不不！茵姊姊，妳別誤會啊，我不是那個意思……」說完撓了撓後腦勺，「我就是有點疑惑，妳怎麼不和我說。我有事都和妳說，妳不和我說就算了，我怎麼覺得林初宴都知道得比我多啊？」

楊茵鬆了口氣，搖頭道：「其實沒什麼，我只是單方面喜歡他。我不和妳說是因為……」

「因為什麼？」

楊茵低著頭，玩著自己的手指，語氣有些無奈：「我覺得，我們差距太大了。」

「哪裡大？你們不是同歲嗎？」

「不是年齡。是別的，學歷、家世什麼的。」

向暖一聽，立刻搖頭道：「我認為這都不是問題，只要喜歡就——」

「就在一起嗎？」楊茵打斷她，嘆了口氣，「妳覺得不是問題，是因為妳跟林初宴之間沒有這樣的問題。」

向暖竟然不知道怎麼反駁。她和林初宴確實沒有這方面的憂愁，如果她勸楊茵不要在意那些，還真的是站著說話不腰疼。

向暖突然有點為楊茵難過，她抱住了楊茵。

「茵姊姊，妳要加油。」

「嗯。」

（九）

沈則木不喜歡林初宴。任何一個直男都不會喜歡曾經調戲過自己的男人，這和向暖沒什麼關係。

所以雙方在會場裡逛了一會兒，就分頭行動了。

電競嘉年華有許多遊戲參與，分成幾個比較大的遊戲區域。沈則木玩過的遊戲不少，楊茵同樣如此，兩人離開王者榮耀區之後去了別處。然後楊茵就毫無防備地，遇到了她的前男友。

那個男生是知名的電競選手，現在估計想走親民路線，自己跑出來幫粉絲簽名、合照。粉絲們興奮得很，嘰嘰喳喳地圍著他。

楊茵站在遠處看他，為沈則木介紹：「這我前男友……你說，我以前是不是瞎了？」

沈則木對她的想法給予了高度肯定：「是。」

楊茵不在那個圈子裡有段時間了。電競圈更新換代比較快，加上她現在比以前會打扮，所以她站在這裡竟然也沒人認出她。

喔不，前男友還是認得她的。

他的視線越過人群，一下子就鎖定了她，然後撥開人群走過來。

每個人都希望自己在前任面前過得好、有面子，若能找一個比前任更好的男女朋友就完美了，楊茵也不能免俗。

現在她一把握住沈則木的手，低聲說：「幫個忙。」

「嗯。」沈則木配合地反握住她。

客觀地說，其實那位前男友長得算是帥氣，否則也不至於有那麼多粉絲求合照，甚至有女粉絲為了他在網路上把楊茵罵得狗血淋頭。

但問題是，現在他面前站的是沈則木。

身後跟過來的粉絲看到沈則木之後立刻倒戈了，低低地驚呼：「好帥啊！」喊完了發覺氣氛似乎不太對，於是立刻住嘴。

有一些老粉已經認出了楊茵，站在他身後竊竊私語。

他走近了一些，看著楊茵與沈則木交握在一起的手，神情有些嘲弄。

「妳現在越活越回去了，什麼垃圾遊戲都玩。」他在說楊茵。

「沒有垃圾遊戲，只有垃圾玩家。」楊茵說，「我聽說你們老闆有意進軍王者榮耀職業聯賽，你最好把自己對這個垃圾遊戲的想法跟老闆反應一下。」

「怎麼，現在都改口成『你們老闆』了？你以前不是跟我們老闆關係很好嗎？」

「隨便你怎麼想吧。」楊茵有點不耐煩，握著沈則木的手舉了舉，示意道，「喔，對了，我現在找到比你好的人了，希望你祝福我。」

我現在找到比你好的人了。

不管還有沒有感情，這句話的殺傷力都很大，他的臉色變得有點難看，轉頭看著沈則木。

沈則木跟人對視從來沒虛過，冷漠地看著他。

過了一會兒，沈則木聽到他用很低的聲音說：「你知不知道她有病？」

「她沒有病，」沈則木答，「是你對她不夠好。」

「我……」

沈則木盯著他的臉，說：「你不算男人。」

楊茵發覺自己越來越多愁善感了。沈則木就這麼三言兩語，語氣平淡得不行，她卻心口發酸，有點想哭了。

※　※　※

沈則木暑假結束，搬回學校之後，在戰隊露面的時間一下少了很多，楊茵也不怎麼穿裙子了。

歪瓜裂棗們老是偷偷邀請沈則木來戰隊玩，沈則木生平第一次發現，原來他的人緣這麼好？

和歪瓜裂棗們一樣不適應的，還有鄧文博。

鄧文博早就看出楊茵對沈則木不懷好意了。

有一次鄧文博問楊茵：「妳說，我跟沈則木誰帥？」

「老闆，你哪來的自信跟他比顏值？」楊茵一臉莫名其妙。

鄧文博心裡有些酸溜溜地說：「好，我不跟他比。那妳覺得我帥嗎？」

楊茵搖了搖頭。

鄧文博說：「但別的女人都說我帥。」

楊茵朝他攤開手心，說：「老闆，一個『帥』字一百塊錢，我能整天說給你聽。」

鄧文博心裡有點委屈，覺得很不公平：「妳在我面前是母老虎，在他面前就是小綿羊。」

楊茵不是很能理解鄧文博的憤怒點，也就懶得理他了。

鄧文博還追著她吐槽：「妳小小年紀，怎麼有兩副面孔啊？」

楊茵恐嚇他：「老闆，我的鐵拳已經饑渴難耐了。」

鄧文博：==

乖乖閉嘴了。

鄧文博最近無聊得很，老是往戰隊跑，在戰隊被楊茵嗆了幾句，一方面受打擊，一方面又莫名其妙地越挫越勇，非要犯賤地去撩撥，他也不知道自己哪根筋不對。

大概是被哪個美女的矽膠胸部擠壞腦袋了吧。

※　※　※

沈則木開學之後，楊茵他們戰隊也結束夏季休賽期，正式開始在次級聯賽征戰。

王者榮耀的次級聯賽有好幾種，大部分是週賽、月賽、總決賽這種層層晉級的模式，在次級聯賽的總賽事中脫穎而出的戰隊可以拿到預選賽的入場券，而在預選賽中打入前三名，則可以成為下個賽季的職業聯賽隊伍。

楊茵一邊準備賽事，一邊打探了一下這賽季次級聯賽的情況，結果不容樂觀。

呵，豈止是不容樂觀，簡直有點可怕。

王者榮耀職業聯賽越辦越紅，引得其他老牌電競俱樂部都來湊熱鬧，這賽季至少有四家實力強悍的電競俱樂部成立了王者榮耀分部，他們一出手肯定就是豪強戰隊，財力和實力兼備。

楊茵跟鄧文博解釋了一遍後，鄧文博問：「所以到底是什麼意思？妳給我一句話概括一下。」

「概括來說就是，我們要操縱Ｄｗ這條風雨飄搖的小破船和四艘軍艦打仗，搶三張門票。喔對了，到時候預選賽還會有三艘從王者榮耀職業聯賽退下來的大船。」

「呃，」鄧文博呆了一下問，「這還有得玩嗎？」

「我不知道，我現在有點後悔。」楊茵一臉沮喪。她有料到預選賽裡會冒出實力不錯的隊伍，可這一下子來得太多了吧……

她難過的樣子讓鄧文博莫名有點心疼，說：「要不然就……算了吧？」

楊茵看著訓練室裡埋頭苦幹的歪瓜裂棗們，覺得不能就這樣算了。

「老闆，我覺得，不能因為事情難就半途而廢，哪怕只有一線希望，也要拚盡全力。」

鄧文博終於知道為什麼楊茵天天嗆他，他還沒有把她開除了——當然，他胸懷寬廣是主要因素就不用提了——另外一小部分的原因是，他太喜歡這女孩身上的那股幹勁了。

楊茵開始密切關注這群對手的動態，只要他們有比賽，她就想方設法地弄到比賽影片，存起來慢慢分析。這種做法在次級聯賽中顯得有點另類。次級聯賽的比賽太多，隊伍和選手流動性很大，有些比賽規模小到網路上根本沒有直播，想弄到影片沒那麼容易。

除此之外，她也在分析王者榮耀職業聯賽的隊伍，預測誰將成為他們在預選賽中的對手。

十月份，楊茵帶著戰隊的歪瓜裂棗們打了一次城賽，在城賽南山站遭遇四大豪強之一，結果當然是輸了，不過輸得不難看，一比二。輸完比賽，楊茵為隊員們加油打氣：「對面可是MX戰隊！你們竟然能在他們手裡贏一局，我對你們刮目相看！」

隊員們精神振奮，鄧文博覺得這女孩真是個人才。

打完這次城賽，楊茵跟鄧文博請了個假，偷偷去參加考試，考完之後沈則木問她怎麼樣。

她回道：「我覺得不錯。」

她聽了沈則木的建議，沒有急著去學專業科目，而是開始學高中的數學和物理。

看著沈則木的書，用沈則木的原版手寫筆記，楊茵學習的幹勁也很足，感覺身上有著無窮無盡的力量，有時候都懷疑自己是不是吃了大力丸。

當然了，熱情歸熱情，並不能讓人智商暴漲，遇到難題的時候照樣不會。

因此楊茵透過仲介聯繫了一個家教。她的課程基本上是自學，遇到不懂的就先記起來，每週抽兩個小時去家教那裡答疑解惑。

家教是南山大學電腦系的，兩人約的時間是每週日早上七點半到九點半，因為時間太過奇葩，一開始家教不接受，楊茵加了錢人家才同意。

她是瞞著隊上的人偷偷學的，所以家教不能去戰隊找她，那就只好她去找他了。

楊茵週日早上攔車去南山大學鳶池校區，因為擔心在校園裡偶遇熟人，她和家教約的地點是離學校兩站的一個咖啡廳。

……結果她在咖啡廳裡遇到了沈則木。

這件事說來有點巧。沈則木起了大早，幫實驗室去南山科技拿儀器，因為離得不太遠，坐車有點遠，於是他決定走過去。

走著走著，快到南山科技時，他在一家咖啡廳的窗外看到了她。

楊茵面前坐著一個男生，兩人一直在講話，桌上攤著書本。她握著筆，時不時在本子上寫著。

沈則木站在窗外看著他們。她一直沒發現他，於是他腳步一轉，走進咖啡廳。

（十）

楊茵和那個家教說著說著，桌旁冷不防地突然坐了一個人。她視野的餘光裡看到那個人放在桌上的手臂，他穿著白色的長袖襯衫，襯衫的袖口一絲不苟地扣著，乾淨齊整，嚴謹禁欲。

楊茵心口一跳，視線往上一抬，看到沈則木的臉。

沈則木正側著頭看她，目光沉靜。楊茵對上他的目光時，有些心虛地連忙躲開，看著窗外。

「你怎麼在這裡？」楊茵問。

「路過。」兩個字，簡潔有力，非常沈則木。

家教放下筆，看看楊茵又看看沈則木，然後問：「你們認識啊？」

「唔，」楊茵轉過頭，看著家教的神情問，「你們也認識？你們不是同系的吧？」

「不是，我是主修電腦的。我們系裡的女生有一部分喜歡林初宴，有一部分喜歡沈則木，還有相當一部分……」

「相當一部分喜歡誰？」楊茵有點好奇。能和林初宴沈則木比肩，甚至超過這兩人的人肯定也很出色。

「喜歡他們兩個。」家教答道。

「啊？」楊茵聽不太懂。

「就是CP黨，覺得他們……那樣。」家教似乎羞於說出口，於是用手比了個姿勢，握著拳，兩個拇指對在一起動了動，又重複了一遍：「那樣。」

楊茵被逗笑了，感覺這幫學生真好玩。

沈則木也不知道自己上輩子幹過什麼缺德敗壞的事……導致這輩子走到哪裡都能有個林初宴陰魂不散。他皺了皺眉，低頭看桌上鋪著的書本，明知故問：「你們在做什麼？」

「呃……」一下把楊茵拉回到現實了。她撓了撓頭，眼珠動了動想找個藉口，待看到沈則木那雙平靜卻清澈的眼睛時立刻明瞭：裝什麼裝，人家心裡像明鏡似的。於是就坦白地承認：「我有些地方沒弄懂，就請了個老師。」

家教連忙說：「不敢當，我們一起學習，共同進步。」

沈則木掃了他一眼。這家教的殷勤都寫在臉上了。

楊茵長得又白又瘦，從外表上看起來有些柔弱，很容易激發異性的保護欲。

「你們繼續。」沈則木說完點了一下頭。楊茵也不知道他懂什麼了。有沈則木在旁邊看著，楊茵有些彆扭。

那位家教有點沒心沒肺，並沒有察覺到楊茵的異樣，提起筆來又繼續方才被打斷的討論，楊茵只好硬著頭皮繼續。

他們講了大概三五分鐘，沈則木突然指著楊茵的本子說：「這道題有更簡單的解法。」說完也不管別人願不願意，拿過家教手裡的筆，刷刷刷地在本子上寫了幾行公式，寫完又把筆還給人家。

然後他去櫃檯點了杯檸檬水。檸檬水用純白色有把手的那種陶瓷杯裝著，他一手端著檸檬水走過來，氣質特別像個快退休的老主管，手裡只差一捲報紙了。

沈則木端著檸檬水重新坐下，無視那兩人的目光，看了一眼家教的演算紙對家教說：「三角函數是高二下學期的內容，她還不懂，你換個解法。」

「我說你什麼意思？」家教不高興了。

楊茵有點慚愧，「我……那什麼，我確實沒學高二的……」

「沒學過妳跟我說，但妳得先讓他走。他在這裡，我沒辦法為妳講解題目。」

楊茵看了一眼沈則木，他正在喝檸檬水，神態淡定，八風不動。楊茵覺得自己無論如何都無法開口趕沈則木，只好對家教說：「我正好有點事，要不然我們今天先到這裡？」

打發走家教之後，楊茵小心地觀察沈則木的表情，問他：「沈則木，你生氣了嗎？」

「沒，我為什麼生氣？」

沒生氣就好。楊茵悄悄鬆了口氣，一邊收拾書本一邊問他：「你怎麼會路過這裡呢？」

「拿儀器。」沈則木說完，按住她的手臂。

他的手掌很有力，楊茵被他按住就不動了。她看著他乾淨整潔的袖口。

沈則木問：「還有哪些不會？」

楊茵一時沒反應過來，「啊？」

「我幫妳講解。」他說。

楊茵心裡有些暖。她重新攤開課本，把自己標記出來的疑問提出來。

其實大部分的時候，楊茵並非看不懂書。她的思維比較發散，經常不知不覺就想得更多，舉一反三，偏偏她的基礎太薄弱了，國中的成績是不錯，但那是很久以前了，許多知識都忘掉了。

沈則木講解時用詞簡練，直指要害，講話語速刻意放慢了一些，講完後會認真地看著她的眼睛問：「懂了嗎？」

一開始，楊茵被他這樣盯著看時，腦子是空白的。

他以為她不懂，又仔細地為她解釋了一遍。

楊茵覺得自己也太沒出息了。她摸了摸臉，暗暗告訴自己要冷靜，冷靜……

她不敢和他對視了，埋著頭仔細聽，終於漸漸專心起來。

沈則木講完了，還為她出了幾道練習題，可以說是非常貼心的售後服務。

楊茵說：「謝謝你啊。」

沈則木問：「為什麼請家教？」

楊茵知道他的意思是說，為什麼放著現成的人不用，要捨近求遠。說實話以他們現在的革命情誼，請沈則木講解題目也不算什麼，反正在沈則木兼職當她的資料分析師的這段時間，他們少不了見面或通電話，她確實沒必要正經八百地跑去花這個錢。

楊茵沒辦法告訴他，她只是不想在心上人面前展示自己的落魄。

「我是擔心你太忙。」楊茵胡亂找了個藉口。

沈則木明明白白地告訴她：「我不忙。」

「唔，那……」她想不出拒絕的理由了，只好硬著頭皮，「要不然，以後就麻煩你了。」

「嗯。」

過了兩天，沈則木來基地找楊茵，他比約定的時間早到了些。一進基地，看到有個小隊員端著杯子，像蝸牛爬一樣慢吞吞地往辦公室的方向蹭。

沈則木看了他一眼。

小隊員立刻看到救星了，把咖啡塞到他手裡：「沈哥！楊教練在等你！」

沈則木有點莫名其妙，不過還是接過咖啡，走進辦公室。

楊茵正在電腦上看戰隊的比賽重播，播放視窗放得很大，聽到有人推門進來，她頭也沒抬。

沈則木把咖啡放在她桌上時，楊茵的視線還放在電腦螢幕上，動了動肩膀說：「幫我捏一捏。」

沈則木愣了一下，緊接著依言走到她身後，幫她捏肩膀。

楊茵的骨架很窄，導致看起來身形單薄。沈則木沒用太大的力氣，握著她瘦削的肩膀輕輕揉。女孩子的身體總是很柔軟，他隔著衣料揉，不知怎麼就想起那個混亂卻香豔的早晨。

楊茵還嫌棄地說：「用點力氣，沒吃飯啊？」語氣有點凶。

沈則木加重了力道，揉了一會兒，見到她身體放鬆了一些，他低聲問：「舒服嗎？」

然後很明顯地感覺到她聽到這句話時，肩背上的肌肉緊繃了起來。

楊茵緩緩地扭頭，看到肩上那隻手、修長有力的手指、乾淨整潔的襯衫袖口，她幾乎僅憑這隻手就能認出他是誰。

她抖了抖肩膀，「不用了、不用了，你坐……你到了怎麼也不說一聲？」

沈則木坐在椅子上，問她：「妳怎麼了？」

「比賽輸了。」

「勝敗乃兵家常事。」他安慰她。

「我知道。但他們輸得太慘了，第一局贏得很輕鬆，後面浪起來亂打，收不住。」

「是陣容問題嗎？」

「不是，就是心態。」楊茵搖了搖頭，「比賽經驗少，都太年輕了。」

這件事沒有好的解決辦法，只能多參加比賽，多鍛煉了。

「不過話說回來，」楊茵側著身體，扶著椅背笑看他，「你提供的陣容分析還是很好，我跟老闆申請一下，看能不能幫你漲工資。」

沈則木剛要開口，楊茵又說，「我差點忘了，這個給你。」說著，從桌子下拿出兩個盒子，一大一小，「這是香薰機，這個是薰衣草精油，助眠的，使用方法說明書上都有。」

沈則木沒推辭便收下了。

考慮到是男生用，那個香薰機楊茵選了簡潔大方的款式。不過男生宿舍裡用香薰的人太少了，沈則木把這東西擺到宿舍，再放薰衣草精油進去，宿舍裡的空氣變得香噴噴的。

歪歪吸著鼻子感嘆：「沈則木啊，你越來越有女人味了。」

薰衣草精油的效果很顯著，三個室友睡成了豬。

沈則木在薰衣草淡淡的香氣中，睜著眼睛躺了很久。

（十一）

楊茵送沈則木香薰機是為了答謝他為她講解問題，沒想到他竟然還回禮了——他送了她一個頸部按摩儀，這個禮物可以說是非常貼心實用。

十月的月賽，Dw戰隊打得不錯，贏了比賽的當晚，楊茵打算帶著歪瓜裂棗們去唱歌放鬆身心。鄧文博正好也在，聽說他們要去唱歌，他大手一揮說：「我帶你們去個好地方。」

楊茵怕老闆帶壞隊員們，想要拒絕，但文博瞪眼說道：「妳那是什麼表情？我可是正經人。」

正經人老闆帶他們去了夜總會，一進夜總會的門，身段妖嬈的美豔老闆娘就朝他擠眉弄眼。

真是好正經啊。

鄧文博假裝跟老闆娘不熟。

老闆娘很懂，見到鄧文博身邊跟著女生立刻懂了，於是直接安排包廂，沒說別的。然後她還在自家陪唱公主們的群組裡傳了條訊息並標記所有人：鄧文博帶女生來了，妳們假裝跟他不熟，別壞人家好事。

楊茵跟著服務生去包廂，從大廳到包廂也沒走多少路，卻遇到不少人，都是美女。美女們都在打量她，目光多半是好奇和探究，楊茵很疑惑地看著她們，她們被看得不好意思了就朝她笑。

楊茵：「……？？」女生對女生拋媚眼，這是夜總會的新潮流嗎？

「看什麼看。」鄧文博說。

那些美女這才散去。

包廂裡的裝潢相當豪華，小隊員們很開心，楊茵自然也滿意，坐下來隨便點了一些吃的喝的，反正是老闆掏錢，然後楊茵舉著手機拍了張包廂的照片，傳給沈則木。

沈則木：？

楊茵：今天贏了比賽，我們在唱歌。老闆請客。你要不要來湊熱鬧？（呲牙笑）

沈則木：位置。

楊茵只是隨便一問，沒想到他真的要過來，她傳了位置給沈則木，然後對鄧文博說：「老闆，一會兒我們的資料師也會來。」

「他來幹什麼？」鄧文博不太高興。

「他是我們團隊的一員。」

沈則木很快就到了。

楊茵正坐在包廂裡聽歪瓜裂棗們唱歌，喔不，那不是唱歌，那是「嚎叫」。她百無聊賴，和鄧文博喝了點酒，沈則木到的時候她已經喝光一瓶啤酒，剛開第二瓶。

沈則木走過來坐在她身邊，然後動作很自然地接過她手裡的酒瓶，輕輕放在桌上，「少喝點。」

「沒事，今天高興。」楊茵笑了笑。

沈則木側著頭看了她一眼，用只有她能聽到的音量說：「今天作業寫了嗎？」

楊茵揉了揉腦袋，「等回去再寫。」

「嗯，比賽怎麼樣？」

「挺好的，我跟你說……」

兩人坐得很近，低聲說著悄悄話，鄧文博一個字都聽不到。他心裡特別不爽，把酒杯重重地往桌上一放，試圖引起他們的注意。

楊茵只看了他一眼，接著轉過頭，繼續和沈則木說話。兩人簡單地分析比賽的得失，而沈則木自始至終連看都沒看他這個老闆一眼。

鄧文博也說不清楚自己在矯情什麼，反正就是不高興了，他獨自坐著，一杯接一杯地喝了不少悶酒，又賭氣讓老闆娘叫來兩個美女，大家一起唱歌喝酒。

美女們打扮時尚但不暴露，只是聊聊天唱唱歌，楊茵也就沒表示異議。

歪瓜裂棗們可開心了。

沈則木是喜歡安靜的人，受不了周圍的環境一直吵鬧，KTV是他最不耐煩的場所之一。他在包廂忍了一會兒便起身去洗手間，抽了根菸。

抽完菸出來時，恰好迎面遇到鄧文博。

沈則木目不斜視，彷彿沒看到他。

「站住。」鄧文博攔住了他，回手把洗手間的門關上，把兩人都關在洗手間裡。鄧文博喝得目光都有些迷離了，瞇著眼睛看沈則木，眼神帶著毫不掩飾的敵意說：「你要是敢打楊茵的主意，我就開除你。從哪裡來就給我滾回哪裡去！」

沈則木看了他一眼，目光清冷，彷彿秋霜。

「看什麼看，」鄧文博說，「再看現在就開除你！」

沈則木開口了：「你配不上她。」

楊茵正在唱歌，沈則木和鄧文博先後從洗手間走出來，她看到鄧文博的臉色很難看。

「你給我走，我的戰隊不需要你了，滾！」鄧文博指著沈則木，大聲說。

楊茵連忙放下麥克風，站起身攔在鄧文博面前問：「怎麼了？」

「他已經被我開除了。」

「怎麼就開除了？這件事你得跟我商量。」

「商量什麼，我是老闆！」

他講話時噴了她一臉酒氣，楊茵揉了揉腦袋，對包廂裡的其他人說：「你們先玩……沈則木你先坐著。」說完，她把鄧文博拉出包廂。

沈則木有點不放心，也跟了出去。

楊茵也是一肚子火，拉著鄧文博走到外面，隨便找了個角落。

「你是什麼意思？」她問他。

「我不喜歡他。我是老闆，我想用誰就用誰。」

「我要是不同意呢？」

「妳不同意，我就把戰隊解散，你們都不用來了。」鄧文博心裡早憋著火氣，現在借著酒勁發洩出來。媽的，他在外面好歹也算個名人，誰見到他不是客客氣氣的？弄個破戰隊倒好，一個兩個都騎到他頭上了，他何必受這個氣？大不了一拍兩散，眼不見心不煩。

「鄧文博。」楊茵叫了他的大名。

鄧文博脖了一梗，「幹什麼？」

楊茵突然抬手揪住他的衣領，往下拉。鄧文博被迫彎腰低下頭，與她對視。

兩人的臉靠得很近，他看到她眼裡有怒火。他本來也該生氣的，可是他沒有。他看著她熟悉的單眼皮、因憤怒而黑亮的目光……他突然心跳有點快。

「鄧文博，這支戰隊在你眼裡就是個玩具，對吧？想玩就玩，不想玩就扔？」

「我……」

「可是你知不知道，」她看著他的眼睛說，「你的玩具們每天訓練十個小時，一分鐘都不敢懈怠。輸了比賽就戰戰兢兢，贏了比賽就歡天喜地。就為那一點出線的希望，他們付出了多少？你現在一句解散就想打發了？解散？你確定？」

她因為生氣，呼吸有點重，講話時呼出的空氣都噴到他臉上，他覺得腦子很亂。她死死地盯著他，表情有點嚇人，可是又該死的迷人。

鄧文博的呼吸也變得急促了。

楊茵盯著他，「你說話啊，啊？」陡然抬高聲音。

「我、我喜歡妳。」

「……」

「我喜歡妳，」鄧文博終於說出了這句話，他覺得有些惆悵，但更多的是傾吐心事後的輕鬆，「我喜歡妳。」他喃喃地重複著。

楊茵萬萬沒想到話題來了個一百八十度大轉彎，她放開他，別開臉說，「你喜歡我，所以要解散戰隊？」

「不是……我就是喜歡妳，我不想看到妳對別人好。」

「老闆，你喝醉了。」楊茵搖了搖頭，「我找人送你回去。」

「我沒醉，我喜歡妳。楊茵，妳喜歡我嗎？」

鄧文博講這番話時垂著眉眼，看她的目光小心翼翼，竟然讓楊茵聯想到「楚楚可憐」這個成語。

「我不喜歡你。」楊茵最後冷酷無情地拒絕了他。

「為什麼？」

楊茵覺得這件事情必須講清楚，「老闆，我要的東西你給不了，我們不是同路人。」

鄧文博逼問道：「那沈則木能給妳嗎？」

楊茵愣了愣，有些無奈地牽了一下嘴角，答道：「其實對我來說，關鍵的不是他能給我什麼，而是我能給他什麼。老闆我也不瞞著你，我就是喜歡他。他要什麼我都願意給——只要我有。」

鄧文博深切地體會到什麼是差別對待，感覺心都要碎了。

鄧文博獨自離開了，楊茵回到包廂時，沈則木的視線一直追著她。

楊茵以為他是擔心，說道：「老闆已經走了。他今天喝多了，你別當真。」

沈則木收回視線，「嗯」了一聲。

他們在包廂裡玩到晚上十點多，出門時才發現外頭下雨了。秋天的雨又細又涼，裹挾著寒氣與濕氣。楊茵拉攏衣服，問沈則木：「你怎麼回去？」

「我跟妳回去，」沈則木抿了一下嘴角，「學校沒事，我看妳寫作業。」

楊茵沒見過這麼負責任的老師。

幾人攔了兩輛車回基地，楊茵讓隊員們都去睡覺，把自己和沈則木鎖在辦公室裡。

嗯，寫作業。

其實楊茵今天挺累的，白天打比賽、晚上唱歌，還要兼顧老闆的感情生活，勞心又勞力。她遇到一道比較難的題，趴在桌上思考，結果就睡著了。

沈則木將她抱回了臥室。

他把她放在床上時，她突然喚他：「沈則木。」聲音有些含糊。

沈則木以為她醒了，應了一聲，但她卻翻身繼續睡。

沈則木幫她蓋好被子，然後坐在床邊看著她，看了一會兒，突然伸手輕輕地觸摸她的臉頰。

楊茵的五官清秀，臉部線條很溫柔，給人一種柔弱的錯覺，就像單瓣的小白花，風一吹，花瓣就瑟瑟抖動，幾乎要掉落。

但其實她的性格不是這樣。她在本質上更像是草，頑強地紮根，風吹雨打，不屈不撓，野蠻生長。

「不累嗎？」沈則木輕聲問道，似乎也沒指望她回答。他用指尖小心地在她臉上觸碰，眉眼、鼻尖、嘴唇。

她的嘴唇很柔軟，他食指的指尖停在她唇端，不知是有意還是無意，輕輕地壓了一下。

楊茵在睡夢中無意識地舔了舔嘴唇，碰到送上門的異物就來者不拒，舌頭一捲，含進了裡。

沈則木的指頭突然陷進她濕熱的口腔裡。感受著指尖被四面八方的柔軟濕潤包圍著，他的心臟猛地一跳。楊茵含著他的指頭吸了吸，似乎是覺得不好吃，靈活的舌頭用力向外推拒，又吐出來。

沈則木是紅著臉離開楊茵房間的。

他覺得自己需要冷靜一下，於是走到外面，站在門廊下看雨。

路燈下的雨絲細密，似朝霧似輕塵。放眼望去，斑駁錯落的燈光在雨霧中暈染，迷離又溫暖。

他靠在門口，手插口袋看著那燈光和雨霧，看了一會兒，突然笑了。

孤獨的人啊。當你獨自行走時，可要記得，在寂夜的伶仃裡，在風雨的迷茫裡，總有一盞燈是為你而亮的。

（十二）

不久之後，鄧文博找了個新女朋友。女朋友單眼皮，又瘦又白，不笑的時候與楊茵有六七分相似。鄧文博跟這女孩在一起的當天就滾床單了，睡完之後又覺得空虛。

唱歌那晚鬧得不痛快，他第二天假裝全忘了，隻字未提，實際上一直都沒忘。

有一次鄧文博不小心讓女朋友和楊茵見了面，楊茵沒什麼表示，女朋友出來後倒是不開心了，質問鄧文博：「你什麼意思啊？把我當什麼了？」

鄧文博給她一張卡，她立刻停了。

鄧文博心想，要是那個人也這麼好哄就好了。轉念又一想，她要真的這麼好哄，他大概也不會那麼在意了吧。

人啊，可真是犯賤。

※　※　※

楊茵帶著Dw殺進預選賽，已經是十一月下旬的事了。

今年的預選賽可以說是修羅場。四個老牌俱樂部豪強戰隊，三支職業聯賽常規賽下來的隊伍，這七支隊伍之間的廝殺是最引人注目的，正常人看來，三張入場券也就是在這七個隊伍裡決定，剩下的都是陪玩。

Dw雖說曾經也是王者榮耀職業聯賽的隊伍，但主力隊員大量流失，又沉靜半年，現在還特別關注他們的人已經很少了，只有關注賽事的老玩家看到這個戰隊名字時會愣一下：怎麼這麼眼熟？

再想想或者搜索一下，就會發現：啊，原來是他們，然後也沒有然後了。

畢竟今年最受關注的隊伍，並不包含這個過氣戰隊。如果一定要這些觀眾談一下對Dw參賽的感想，那也只是——這個戰隊的運氣不好啊。

預選賽的賽程只有兩週，而且所有賽事有幾十場，安排得相當密集。楊茵和沈則木在比賽開始前做了很多的準備工作，主要是分析對手、探討應對方式。楊茵也沒時間念書了，兩人經常討論到深夜。她倒不覺得辛苦，這是教練應該做的。現在做的準備工作越多，比賽時選手們要面臨的突發情況就越少。她深知自家隊員在戰鬥素養上不比別的戰隊有優勢——這還是委婉的說法——所以能排的雷要先儘量排除。

「委屈你了。」楊茵對沈則木說。這是她的真心話。鄧文博拒絕幫沈則木調薪，沈則木拿著兼職分析師的工資，操全職教練團的心。人家還是失眠寶寶，讓他這樣陪著她熬夜，楊茵想想都覺得怪殘忍的。

「沒事。」沈則木說。

楊茵說：「你多說一個字會少塊肉嗎？」

沈則木看了她一眼，輕輕地抿了一下嘴角說：「會讓妳拿到一百萬的。」

楊茵樂了，不知道為什麼，看著他那臉真誠的樣子，好想戳戳他的臉。她歪頭托著下巴笑道：「沈則木，你知道嗎？我這個人就是這樣，要是有人對我好，我就會加倍對他好。」

沈則木看著她，問：「妳想怎麼對我好？」

「等我拿到一百萬，分你一半怎麼樣？」

他移開視線，淡淡說道：「我不要錢。」

※　※　※

預選賽的賽事很密集，全部直播的話不現實，賽事官方每天會挑選一些比賽進行直播和講解。Dw戰隊在第二個比賽日亮相於直播間的鏡頭前，引起了一些女玩家的震驚：這是哪個戰隊？這身材、皮膚……真的沒上妝？？

別的戰隊難免有一兩個胖子，有的戰隊甚至全隊皆胖，Dw戰隊的五個小夥子無論高矮，都是身材勻稱，也不含胸駝背，看起來英姿颯踏，精氣神俱佳。別的隊伍經常有選手因為熬夜導致皮膚暗沉、粗糙長痘，Dw戰隊倒沒這個問題，一群大男人皮膚光滑、緊致有光澤，都快掐出水了。

這還是男人嗎？

觀眾們自然不知道這是因為隊員們每天早睡早起鍛煉身體，嚴格遵守老人的作息規律，他們只懷疑這個戰隊老闆可能有什麼奇怪的癖好。

隊員入場後是教練入場，這下輪到男觀眾們激動了：竟然是個女教練！女的！！

女教練瘦瘦的，很上鏡，一樣是皮膚超讚，現在穿著職業套裝，化著淡妝，對鏡頭大大方方地招了招手勾起笑。

觀眾瘋狂洗版：喔！我要戀愛了！這我老婆，誰都不許搶！

直播現場沒有開放觀眾席，沈則木獨自一人在參賽隊伍用的休息室裡等待。現在沈則木開著直播，看到一群人洗版搶老婆，擰著眉把彈幕關了。

Dw這場比賽最後贏了。因為對手的實力不算突出，很多人並沒有真的看出他們能夠獲勝的關鍵，只有在比賽結束時，一個賽事解說員說了一句：「我覺得Dw對對手做了功課。」

在此之後的幾天，但凡有Dw戰隊的賽事，這句話都被頻繁地搬出來。

這是很可怕的一件事。預選賽有很多隊伍是新面孔，之前曝光的機會特別少，就算不同的隊伍有訓練賽，可以進行交流，但交流歸交流，訓練賽和真正的比賽是完全不一樣的，從心態到打法都是。

照理說，只有從王者榮耀職業聯賽下來的那三支隊伍可以被人摸透，因為他們打了一個賽季的常規賽網路上的比賽影片很多。

可是，現在有一個隊伍把其他所有隊伍的底細都摸透了。那些從各大平臺的小賽事打上來的隊伍，魚龍混雜、神神祕祕的，在這個隊伍面前都不神祕了。

能做到這一點絕非一朝之功，可以肯定的是，Ｄｗ戰隊在很早之前，甚至可能在賽季之初就開始注意、分析他們了。

一想到長期以來身後一直有一雙眼睛在默默地注視自己，各大戰隊都菊花一涼。

其他戰隊當然也在分析對手。可是呢，一來，不如Ｄｗ那麼深入，二來，他們分析的對手裡並不包括主力流失，苟延殘喘的Ｄｗ。

「我特別好奇他們是怎麼做到的，」在某次比賽中，帥氣的解說毫不諱言地說出自己的疑惑，「相信有很多觀眾都和我一樣好奇。能把對手分析到這個程度，能在選擇禁用環節屢屢成功攔截對手，我猜這不是一人之功，Ｄｗ背後可能有一個非常龐大的教練團隊，這才是他們的祕密武器。」

「還有一點你忘了說，」另一個解說補充道，「我發現Ｄｗ的隊員不一定是預選賽裡個人實力最突出的選手，但他們是配合最有默契的選手，這是一個團隊遊戲，這句話在Ｄｗ的隊員身上得到了充分的體現。」

兩人毫不吝惜地對Ｄｗ一陣猛誇，楊茵聽著都為自家戰隊捏一把汗，生怕這兩個解說員幫他們灌毒奶。幸好，她的歪瓜裂棗們爭氣，這次又贏了。

這時候就能體現出堅持鍛煉身體的好處了。預選賽賽事緊湊，高密度的比賽十分耗費體力和腦力，這麼高強度的持續消耗，體虛的宅男很容易不在狀態上。

不管怎麼說，Ｄｗ戰隊成了預選賽裡一匹絕對的黑馬，隨著過氣戰隊重新綻放光芒，楊茵這個神祕的美女教練也吸引了很多人注意。預選賽還沒結束，已經有別的戰隊在打探她跳槽的意向了。

十二月十日，最後一個比賽日結束，本次預選賽完美落幕，Ｄｗ戰隊不負眾望，從一眾彪悍的對手裡殺出重圍，獲得了明年王者榮耀職業聯賽春季賽的入場券。

歪瓜裂棗們抱在一起哭成了狗。

楊茵說：「別哭了，像一群女人。」

第二天，楊茵接受了賽事官方的採訪。

採訪是直播的形式，有跟觀眾互動的環節。沈則木本來在實驗室，他算準時間在直播開始的時候出了實驗室，一個人坐在樓梯間裡用手機看直播。

主持人好激動，他們已經挖掘到這個美女教練的另一個身分了，現在有超多話要問她。

楊茵只在遊戲裡耍狠，現在和主持人對話不緊不慢、不卑不亢，心情放鬆，邏輯清楚，很博好感。主持人和她聊了過去、現在和未來，最後開玩笑地問她，有沒有獲獎感言之類的要講。

楊茵對著鏡頭說：「真的有……我想首先感謝一下我的老闆，是老闆的堅持不放棄才讓我們有拚搏下去的機會。另外，我還想感謝一下我的隊員們，你們不是菜鳥，你們都很棒，我現在說的都是真心話。最後，我想感謝一個人。」說到這裡突然頓住，她朝鏡頭眨了眨眼，「我……」

楊茵其實準備了很多話，可是現在一想到那個人，她一恍神，思路斷了一下，竟然不知道說什麼了。尷尬了一秒鐘，她不好意思地朝鏡頭笑了。

沈則木看著螢幕裡傻笑的她，也莫名牽了一下嘴角，然後伸手點了點螢幕上她的鼻尖。

楊茵撓了一下頭，最後說了一句，「我請你吃飯吧。」算是應付過去了。

直播結束後，楊茵打電話給沈則木：「沈則木，在幹什麼呢？」

『實驗室。』

「你有看我的採訪直播嗎？」

『沒。』

「喔，」楊茵有點遺憾，「聽說今天直播的人氣很旺。」

沈則木「嗯」了一聲，然後說，『恭喜。』

「恭喜什麼啊，我請你吃飯。」

『嗯。』

「還有……我終於放假了，想去滑雪，你要不要一起去？」

沈則木坐在臺階上，手掌扶著膝蓋，垂著視線輕聲答：『好。』

（十三）

現在是滑雪旺季，兩人為了避開高峰期，特地選了工作日去滑雪場，不過人還是很多。

楊茵愛死了沈則木穿滑雪服的樣子，又陽光又動感，站在雪地裡，挺拔的肩背，筆直的長腿，荷爾蒙要爆炸了。這種花痴的心態，導致她之後像孔雀開屏一樣，在雪場裡狂秀操作。

沈則木是會滑雪的，他滑雪只是在雪場裡馳騁，不太能理解那些一邊滑雪一邊耍雜技的人是什麼心態。但是楊茵在那裡耍雜技，踩著滑雪板空中旋轉，落地時激得雪花四濺時……他又覺得還不錯，至少是賞心悅目的。

楊茵玩的時候，不經意地一瞟，看到沈則木正舉著手機幫她錄影，她一恍神，動作失誤，直接掉下來了。身形有些許狼狽，像是被一箭射下來的大雁。

「哎喲！別拍了、別拍了！」楊茵躺在地上喊。

沈則木早已經收起手機，一把將她從地上拉起來，「沒事吧？」

「沒事，沒事。」楊茵站起身說，「我第一次滑雪的時候狂摔，回家揉了一整天屁股，之後就不怕摔了。」

沈則木默默地想像了一下楊茵揉屁股的畫面，然後他深吸了一口氣。

雪場今年開闢了一塊地方，增加了一個新的娛樂項目是滑雪車，滑雪車其實不是車，而是一個大充氣雪橇。人坐在滑雪車上從高處往下滑落，據說速度很快，相當刺激。

楊茵覺得滿好玩的，扭頭對沈則木說：「要不然，我們也試試？」

「嗯。」沈則木轉身去買票。

滑雪車分成單人和雙人的，沈則木沒問楊茵，直接買了雙人的。

滑雪車做得很簡單，雙人滑雪車前後兩個座位之間靠得很近，也沒什麼阻隔。楊茵坐在前面，沈則木坐在後面，兩條長腿擺在她身體兩側，彷彿他腿一勾就能把她勾進懷裡。

「坐穩了啊。」負責推雪橇的小哥說了一句，然後推著他們的雪車跑了幾步，送下坡。

雪車的速度越來越快。眼前的景物變得太快，在視網膜裡留下殘影；耳邊是呼呼的風聲，像跑火車一樣；時而有雪沫濺在臉上，涼絲絲的嚇人一跳……

楊茵開始尖叫，「啊！啊！！！」好刺激！

沈則木只當她是害怕，手臂往前一伸，穩穩地將她摟在懷裡。

楊茵：「……」尖叫聲立刻卡彈了。

她沉默著，一動也不敢動，像嚇壞了的小綿羊。

沈則木收緊手臂。他覺得這個雙人滑雪車不是正常人設計的，滑雪車上的人坐得太近，很容易就抱在一起。

楊茵的心跳很快，轟隆隆地像要跑出來一樣。一方面是滑雪車夠刺激，一方面是身後的人夠刺激，她覺得再這麼下去，自己有可能會死掉。

不過，能死在他懷裡，好像也不錯。

終於，不知道這樣過了多久，滑雪車停下來了。

楊茵從滑雪車裡站起來時，腿都是軟的，她往外邁了一步，一腳滑下去，眼看就要倒下。沈則木伸出手臂，隨意一撈，把她托住了。

他扶著她的腰，低頭安靜地看她。她現在臉都紅了，瀏海和眉毛上掛著雪絲，眼睫輕輕翻飛，眼珠滴溜溜地動，不知道在想什麼。

「剛才太刺激了。」楊茵為自己的腿軟、臉紅找了個合理的解釋。

「嗯。」沈則木輕輕點了一下頭，放開她。

兩人並肩走著，他將腳步放緩了一些，走在她身邊問：「還要玩嗎？」

「不、不玩了……」

再玩一次，她恐怕會把小命留在這裡。

滑了一天的雪，之後他們住在雪場附近的溫泉飯店裡。

楊茵泡著溫泉，放鬆筋骨，舒服地瞇起眼睛。一邊泡溫泉，她一邊跟向暖語音聊天，問向暖在幹什麼。

向暖在織圍脖。她買了好多毛線，想幫林初宴織條圍巾，為此還跟媽媽討教了很多技巧。

可惜她手工藝能力不太好，還非要選高難度的，第一次織，織著織著把花紋織亂了，又拆開重新織。

如此反覆，後來林初宴說：「妳織純色的就好了。」

向暖只好放棄任何花色，織了純色的圍巾。反正林初宴長得好看，圍一塊樹皮都時尚，就不用要求太高了……她這麼自我安慰。

然後林初宴用她剩餘不用的毛線幫她織了一副手套，手套背面有小兔子的圖案。

『妳說，他這是不是在打我臉啊？』向暖跟楊茵吐槽。

楊茵聽得樂不可支，「你們太好玩了。」

『茵姊姊妳呢？最近怎麼樣？預選賽我看了，我茵姊天下無敵帥！』

「我啊……」楊茵一個沒忍住，把今天的事跟向暖講了，然後說，「當時緊張死了。」

向暖捉摸了一下這件事，問：『學長他為什麼抱妳？他是不是對妳有意思了？』

「難說，也可能是怕我掉下去。」楊茵扶著額，有點憂傷，「要是僅憑這件事就猜他喜歡我，我也覺得有點自作多情了。」

『唉，好可惜，學長是個面癱，這類人的心思很難看懂，不過我覺得妳可以試探一下。』

楊茵糾結了一下，最後搖頭，「還是算了吧，萬一不是呢？我可不敢把他嚇跑了，下個賽季我還想發財呢。」

※　※　※

鄧文博把那一百萬匯到楊茵的帳戶後，楊茵在收到錢的當天就辦了一張銀行卡，往裡面存了五十萬，密碼設成沈則木的生日，然後把這張銀行卡快遞給沈則木。

沈則木又原封不動地寄回來了。

楊茵傳訊息給他：我說過要分你一半是認真的。

沈則木：我說過不要錢也是認真的。

楊茵死命按著自己的魔爪，沒有傳「要不然我以身相許吧？」這類耍流氓的訊息給他。

錢貨兩訖，雙方的合約算是履行完畢了。楊茵也不耽誤別人的正事，打算儘快從Ｄｗ戰隊搬出去。

沈則木也有東西在戰隊，兩人過來一起搬家。

搬家這天正好下著小雪，鄧文博和隊員們排隊向楊茵表達依依不捨之情，有兩個隊員還掉眼淚了，那情形別提有多蕭瑟了。

楊茵不太適應這種傷感的氣氛，把鄧文博拉到一邊問他：「你幫他們找好新的教練團隊了嗎？」

「還沒，」鄧文博看著她，目光有點閃爍，「要不然妳別走了，反正大家都熟了。」

楊茵搖了搖頭。

鄧文博有點難過，「是因為我嗎？妳要是留下來，我把戰隊全交給妳，妳就當我不存在不就行了？」

楊茵撓了撓後腦勺，笑道：「老闆，我跟你說實話吧，我現在是沉迷賺錢無法自拔。一個賽季一百萬，一年兩個賽季就是兩百萬，你想把我留在戰隊，那你能給我兩百萬年薪嗎？」

鄧文博愣了一下，「我以為是什麼事，不就是錢嗎？我給妳——」

「你快停下來吧！」楊茵擺擺手打斷他，「上次Dw降級的教訓，你還沒嘗夠嗎？錢是個好東西，但要是不把錢花在對的地方，很可能會造成更壞的結果。兩百萬年薪的教練，對任何一個王者榮耀職業聯賽戰隊來講都太誇張了，只有那些急需在預選賽出線的隊伍才願意為一張門票花費百萬。而且這裡的百萬還只是對賭協定，出線了才需要付出百萬。你一個賽季直接拿一百萬供著我這個教練？戰隊還過不過日子了？」

鄧文博其實不在乎他的戰隊能不能過日子。但是看著楊茵的表情，他也知道不可能了。他有些沮喪地說：「我現在特別後悔。」

「嘿，我都幫你帶出線了你還後悔？你沒看到那些報導怎麼寫你啊？都是溢美之詞，老闆你賺大了好嗎？就算現在不想要戰隊了，轉手賣掉也行啊，你要是想賣，我還能幫你聯繫買主。」

「我不是說這個。」

「那是什麼？」

「我後悔認識妳。如果我沒認識妳，我就不會像現在這樣，天天都難受。看不到妳難受，看到妳也難受。」

楊茵愣住了。她還真看不出來鄧老闆有這麼多愁善感。

就在她不知道怎麼回應時，沈則木抱著一個箱子碰了鄧文博一下，「借過。」說完也不管人家願不願意讓他過，直接從兩人中間穿過去。

楊茵急忙說：「老闆，我先去收拾東西。」說完就跑走了。

鄧文博連一個擁抱都來不及要。

※　※　※

楊茵要把東西都搬回到自己的房子裡。房子是她兩年前買的，雖然單價貴，不過是小戶型，所以總價還好，她現在每個月都在還貸款。

從戰隊回她家會經過沈則木的學校，所以兩人只租了一輛車，車上裝著他們的東西。

沈則木在自己校門口下車時，對司機說：「等我一下。」

司機問：「你還要回來？」

「嗯。」

楊茵有點過意不去，說：「你不用了，我自己一個人就行。」

「沒事，我有空。」

沈則木的東西不多，都放在一個紙箱裡，他把紙箱扔在宿舍，又回去幫楊茵搬家。

等跟著楊茵回家時，已經是傍晚了，楊茵的東西挺多的，沈則木跑上跑下，出了一些汗。

司機對楊茵說：「妳男朋友真好。」

楊茵春心蕩漾，但表面上還要解釋：「不是男朋友。」

「不是啊？好可惜。喔，我女兒和他同年紀，我想介紹一下……」

「你不要介紹。」楊茵說。

搬完東西，打發走司機，楊茵問沈則木：「晚飯想吃什麼？」

「隨便。」

「那我做飯給你吃吧？我可會做飯了。」

沈則木的目光有點溫暖：「隨便做一點，不要太多。」

楊茵隨便煮了四菜一湯。

畢竟是孤男寡女，又是晚上，沈則木不好留太久，吃過晚飯又幫楊茵洗了碗就要離開。

他出門後，楊茵站在陽臺上目送他的背影。外面的雪更大了一些，他獨自一人走在風雪裡，像是感應到什麼，突然回頭看她。

楊茵想起一件事：「沈則木！你等一下！」

沈則木站在雪地裡等她，楊茵跑出來時，看到他肩上積了薄薄一層雪花。

「給你。」她遞給他一個盒子。

盒子是他的巴掌大，用深藍色的包裝紙包著，正面打著顏色更深一些的蝴蝶結。

「是什麼？」他問。

「打開看看。」

沈則木依言拆開禮物，那裡面是一個 Dupont 打火機，淡金色的金屬邊緣，造型方正，線條簡潔，幽藍色的漆面像夜一樣深沉。

沈則木靜靜地看著那枚打火機，楊茵笑道：「新年快樂，沈則木。」

「謝謝。」他抬眼看她，視線落在她臉上，沒有移開。

楊茵被他盯得有些赧然，指了指他手裡的打火機：「試試啊。」

「好。」

沈則木掏出一根菸叼在唇間，楊茵有些躍躍欲試：「我幫你點吧？」

沈則木便叼著菸向前探身。

楊茵打出火苗。小小的一團，明黃色穩穩地飄在打火機上，周圍亂飄的雪花像一隻隻小飛蛾，離火苗近了，立刻被烤得灰飛煙滅。

她小心地舉著打火機，送到他面前。沈則木的視線一直停留在她臉上。火苗打出來時，她笑盈盈的眸子裡倒映出兩點輕柔明亮的光芒。

她的身後是風雪，眼底是火光。

楊茵把菸點燃了，不知道為什麼特別有成就感。

沈則木直起腰，食指與中指夾著菸拿開，嘴裡輕輕地吐出一團青色的煙霧，煙霧在空氣裡繚繞漂浮，很快就消散在風雪裡。

楊茵覺得他抽菸的樣子性感得要命，朝他攤手說：「給我一根。」

沈則木沒有動作，只是輕輕一挑眉，問：「妳會？」

「沒抽過，但我想試試。」

「喔。」

他手臂動了一下，楊茵以為他要掏菸，結果他突然直接把他手裡那根點燃的菸到了到她嘴裡。

「試吧。」

楊茵一下子心跳加速。這根菸是他剛剛抽過的，現在被她叼著，不行，太曖昧了！有那麼一瞬間她都想反思自己：難道就因為我是個流氓，所以看什麼都覺得曖昧嗎？

她叼著菸不敢有動作，瞪著眼睛呆若木雞。於是沈則木把菸抽走，重新叼在自己嘴裡。

然後他咬著菸，隔著嫋嫋的煙霧低頭看她。

即使隔著煙霧，她依舊看得出他的眼睛很亮，那種灼熱、能炙得人手足無措的明亮。

他的身後是風雪，眼底是火光。

楊茵緊張得快不能呼吸了，朝他眨眨眼睛，「什、什麼意思？」

沈則木指尖夾著菸，突然欺身向前將她攬進懷裡，然後低頭吻住她。

就是這個意思。

楊茵的腦袋裡像放起了煙火。

她回抱住他，仰頭迎合他的吻，兩人在冰天雪地裡親了很久。

幸福來得太突然，她第二天起床時還覺得自己在作夢。等到照鏡子時，看到自己下嘴唇破裂的傷口，過了一個晚上還沒好……這才有了真實感。

真的和他在一起了，都不知道該怎麼慶祝了。

從這一刻起，楊茵覺得輕飄飄的，全世界都在飄桃花瓣，她吃了毒蘑菇的時候也有過這種幻覺。

沈則木突然傳了訊息來：今天做什麼？

楊茵：不知道，你說呢？

沈則木：作業寫完了嗎？

楊茵：＝＝

大哥我才剛剛和你在一起……滿腦子都是寫作業……還有沒有人性啊！T^T

不過話說回來，她作業真的沒寫完，這才是最悲慘的。

自從她放假有了時間，沈老師的作業就變多了，要求也變高了，管得也更嚴格了，所以寫不完也不全是她的錯。

楊茵本身也是一個喜歡嚴格要求自己的人，現在覺得沈老師是對的，她不該貪圖一時的享樂，她有更高的理想。於是她決定今天不約會了，就在家寫作業。

沈則木：我今天有事，晚點找妳。

楊茵：嗯嗯，你忙你的。

沈則木要忙的事情也與楊茵有關。

他在網路上搜尋了一下女孩子都喜歡什麼，結果發現許多人對口紅趨之若鶩，雖然在他看來那所謂的「不同色號」並沒有什麼區別，但女人說有區別就是有區別。

他按照美妝網紅推薦的品牌和系列，來到彩妝專櫃買口紅。專櫃人員問他要什麼色號。

「全要。」

服務人員一臉為難：「有些色號斷貨了。」

沈則木跑了三個專櫃才湊齊全套的色號。

他帶著禮物去找楊茵，這時候楊茵已經寫完作業了，正在溫習功課。

沈則木把東西放在她面前，也不說話。楊茵拆開一看，特別感動，身為一個直男能用心到這個程度，這不是真愛是什麼？

她拿出一支口紅試了試，塗好之後問沈則木：「好看嗎？」

「嗯。」

楊茵有點激動，沒忍住，親了他。

親完之後，沈則木從善如流地拿另一支口紅遞給她：「再試試這個。」
楊茵：「……」

※　※　※

過完元旦，楊茵先後聯繫過幾家戰隊，要敲定下個賽季的東家。她有問過沈則木的意見，沈則木的意思是她自己決定。

「既然讓我決定，那還有一件事，你也得聽我的。」楊茵說。

「什麼？」

「下次賺到錢，我們一人一半，不能讓你這樣白白辛苦。」

沈則木從小到大沒為錢發愁過，但他知道楊茵不一樣。她把錢分得這麼清楚，無非是因為吃過沒錢的苦，想到這一點，他挺心疼的。

他不會試圖改變她的想法，能做的也只是尊重，因此點頭說：「好。」想了想又補充道，「妳幫我管錢。」

「為什麼我要幫你管啊？」

「自己想。」

※　※　※

因為有合作意願的戰隊太多了，所以楊茵弄了競價模式，最後選定了某個戰隊，這次簽的對賭協議是一百五十萬，過完春節再上班。

楊茵對沈則木說：「半年漲了五十萬，我這收入能跑贏房價了，就問你佩不佩服。」

「佩服。」沈則木特別給面子。

簽完協議的第二天是一月十二日，沈則木的生日。

楊茵最近高興，晚上幫他做了一桌的菜慶生，還煮了長壽麵。結果因為太高興了，她又喝了點小酒，看到他那麼秀色可餐，沒把持住，就……就把他吃了。

其實把沈則木放倒在床上的時候，她還是有點罪惡感，覺得是自己誘拐了人家，直到她發現這傢伙自備了保險套。

楊茵簡直不敢相信：「我一直以為你是個正經人。」

過程中不太順利。兩人都是第一次，沈則木一個不小心把她弄疼了，楊茵說他「技術有待磨練」。後來沈則木因為這句話悉心學習，勤加修煉，充分展現出了一個學霸的天分……這是後話了。

反正現在，楊茵第二天醒來時，身體依舊不太舒服。

窗簾拉得嚴實，房間裡有些昏暗，但空氣很溫暖。沈則木還沒醒，楊茵靠在他懷裡聽了一會兒他的心跳，覺得很幸福，又很不真實。

人越擁有就越擔心失去。有時候她真怕這一切都只是一場夢，夢醒了就什麼都沒了。

她起身穿衣服，下床。昨晚有點放縱，現在走路還很彆扭。

楊茵輕手輕腳地離開臥室，走進廚房做早餐。不知道要做什麼好，不管了，先煎個雞蛋吧。

煎蛋的時候，她盯著平底鍋裡的兩顆蛋，輕輕地哼歌，哼著哼著，突然就落入一個懷抱。

沈則木從背後抱住了她。手臂攔在她腰前，下巴墊在她肩頭。

「醒了？」楊茵想到昨晚兩人這樣那樣，現在老臉一紅。

「嗯。」沈則木放開她，說：「回去躺著。」

「不用，我做早餐給你吃，想吃什麼？」

沈則木見她不聽話，乾脆把她抱回到床上，蓋上被子，「躺著。」

楊茵掙扎著要坐起來，「我又不是病人。」

他一手按住她的肩膀便使她掙扎不了。沈則木低頭看她，表情認真：「我會磨練技術的。」說完也不管她一臉要鑽地縫的表情，悠然飄走，去廚房做了頓飯。

然後他把早飯端到床上給她吃。

沈則木做了蛋炒飯、蛋花湯，再加上她剛才煎的蛋，竟然都不難吃。好吧，雖然她也搞不懂為什麼都是蛋。

沈則木坐在床邊看著她吃飯，說：「我十八號放假。」

「喔。」楊茵的心情突然很低落。他放寒假，意味著他們要分開一段時間了。她低埋著頭說，「嗯……我會好好寫作業的。」

沈則木牽了牽嘴角，又說：「跟我回家。」

楊茵猛地抬頭看他，她嘴邊還掛著飯粒，配上那震驚的表情……有點搞笑。

「跟我回家。」沈則木重複了一遍。

「為什麼？」

「難道妳想一個人過年？」

「不是，我……我是覺得，會不會太突然？你爸媽知道嗎？」

「我們的事情，我已經和他們講了。」

楊茵卻更擔憂了。她並不是戀愛腦的傻女孩，她和他的差距，她一直都記得。感覺沈則木的爸媽不太可能喜歡她啊……

沈則木把她的表情看在眼裡。他揉了揉她的腦袋，溫聲說道：「妳放心，我家人都很尊重我的選擇。」

「那什麼，會有人為難我嗎？我只是隨便先問問，讓我有個心理準備就行。」

「有我在，不會讓妳受任何委屈。」

楊茵鼻子一酸，眼淚掉下來了，滴滴答答地打在手背上。

沈則木以為她是太害怕，靠近了一些扶著她的肩膀，「別哭，相信我。」

「沈則木，我是覺得自己運氣真好。」

沈則木笑了，「是我運氣好。」

茫茫人海，萬水千山，能遇見你，是我一生最好的運氣。

—全文完—

高寶書版集團
gobooks.com.tw

YH 033
時光微微甜〈下〉

作　　者　酒小七
責任編輯　陳凱筠
封面設計　Ancy pi
內頁排版　賴姵均
企　　劃　方慧娟

發 行 人　朱凱蕾
出　　版　英屬維京群島商高寶國際有限公司台灣分公司
　　　　　Global Group Holdings, Ltd.
地　　址　台北市內湖區洲子街88號3樓
網　　址　gobooks.com.tw
電　　話　(02) 27992788
電　　郵　readers@gobooks.com.tw（讀者服務部）
　　　　　pr@gobooks.com.tw（公關諮詢部）
傳　　真　出版部(02) 27990909　行銷部 (02) 27993088
郵政劃撥　19394552
戶　　名　英屬維京群島商高寶國際有限公司台灣分公司
發　　行　英屬維京群島商高寶國際有限公司台灣分公司
初　　版　2021年 4 月

本著作物由北京晉江原創網絡科技有限公司授權出版。

國家圖書館出版品預行編目(CIP)資料

時光微微甜〈下〉／酒小七著; -- 初版. -- 臺北市：高寶國際出版：高寶國際發行, 2021.04
面；　公分. --

ISBN 978-986-506-063-3(上冊：平裝). --
ISBN 978-986-506-064-0(中冊：平裝). --
ISBN 978-986-506-065-7(下冊：平裝). --
ISBN 978-986-506-066-4(全套：平裝)

857.7　　110003991

凡本著作任何圖片、文字及其他內容，
未經本公司同意授權者，
均不得擅自重製、仿製或以其他方法加以侵害，
如一經查獲，必定追究到底，絕不寬貸。
版權所有　翻印必究

GOBOOKS
& SITAK
GROUP ©